HIGH SCHOOL MUSICAL

La surprise du chef

D1513518

© 2009 par Disney Enterprises, Inc.

Publié par Presses Aventure, une division
de Les Publications Modus Vivendi Inc.
55, rue Jean-Talon Ouest, 2ᵉ étage
Montréal (Québec) H2R 2W8
Canada

Publié pour la première fois en 2009 par Disney Press
sous le titre : *Stories from East High #10, Turn Up The Heat*

Traduit de l'anglais par Hélène Pilotto

Dépôt légal - Bibliothèque et Archives nationales du Québec, 2009
Dépôt légal - Bibliothèque et Archives Canada, 2009

ISBN 978-2-89660-013-7

Nous reconnaissons l'aide financière du gouvernement du Canada par
l'entremise du Programme d'aide au développement de l'industrie de
l'édition (PADIÉ) pour nos activités d'édition.

Gouvernement du Québec – Programme de crédit d'impôt pour l'édition
de livres – Gestion SODEC

Imprimé au Canada

HIGH SCHOOL MUSICAL

La surprise du chef

Troy Bolton

Troy est le garçon le plus populaire d'East High, et le capitaine des Wildcats, l'équipe de basket du lycée. C'est un garçon sympathique et généreux. Sa prestation dans la comédie musicale *La Nuit Étoilée*, aux côtés de Gabriella, lui a révélé sa passion pour le chant, mais il a parfois du mal à tout concilier…

Gabriella Montez

Gabriella est une élève modèle du lycée. Elle est non seulement belle et intelligente, mais en plus, elle a une voix magnifique. Elle a obtenu le premier rôle de la comédie musicale du lycée, ce qui l'a beaucoup rapprochée de Troy. Pourtant, elle est parfois timide et peu sûre d'elle.

Taylor McKessie

Taylor est l'une des élèves les plus brillantes d'East High. Son équipe scientifique a d'ailleurs gagné un concours de chimie. Grâce à son amitié avec Gabriella, Taylor s'est rapprochée de Troy et Chad…

Chad Danforth

Membre des Wildcats, Chad est
un excellent joueur de basket.
Parfois, il semble même qu'il ne pense qu'à ça !
C'est un des meilleurs amis de Troy, toujours
prêt à s'amuser et à rire.

E H S

Sharpay Evans

Sharpay est avant tout une excellente chanteuse, danseuse et comédienne. C'est aussi une jeune fille qui sait ce qu'elle veut et qui est bien décidée à se battre pour réussir. Elle s'implique totalement dans sa passion pour le spectacle !

Ryan Evans

Quand Sharpay apparaît, Ryan, son frère, n'est jamais loin !
Il est lui aussi un artiste de talent, et adore la scène. Cet excellent danseur et chorégraphe sait se mettre en avant et a un sens de la mode très personnel !

Gabriella Montez sourit en suivant l'un des longs corridors d'East High. Elle vient d'apercevoir Troy Bolton, le capitaine de l'équipe élite de basket-ball, appuyé sur son casier. Vêtu de son blouson rouge et blanc des Wildcats, il lui fait signe de la main tandis qu'elle s'approche.

Voilà la façon idéale de commencer la journée, songe la jeune fille.

— Salut ! lance Troy à Gabriella lorsqu'elle arrive près de lui. Je t'attendais. J'ai fait ça pour toi.

Il lui tend un disque compact. Il l'a gravé la veille, après avoir dressé la liste de ce qu'il espère être la compilation parfaite.

— La première chanson est celle du groupe dont je t'ai parlé, ajoute-t-il.

— Merci, dit Gabriella, touchée par l'attention de Troy. J'ai hâte de l'écouter !

Elle prend le disque.

— Écouter quoi ? demande Taylor McKessie en arrivant derrière Gabriella.

— Troy a entendu parler d'un nouveau groupe par son cousin. Ils s'appellent Les Chefs, explique Gabriella à son amie.

Elle adresse un grand sourire à Troy, ravie qu'il apprécie la musique autant qu'elle.

— Chouette, dit Taylor. Les Chefs ? Est-ce qu' il y a quelque chose à manger avec ce disque ? J'étais en retard ce matin et je n'ai pas eu le temps d'avaler quoi que ce soit.

— Mmmm, j'aimerais bien, répond Troy en frottant *son* propre ventre vide, mais ces gars-là ne mijotent que de la bonne musique, pas de petits plats.

— Heureusement que je suis là, pas vrai ? lance Zeke Baylor en surgissant devant eux.

Il tient une grande boîte dans ses mains.

— Je les ai faites hier. Goûtez-y, propose-t-il en leur tendant la boîte remplie de brioches.

— Zeke ! s'esclaffe Gabriella. Tu es le meilleur !

Elle mange une bouchée de ce délice matinal. La pâtisserie est faite d'une pâte feuilletée pur beurre et d'une garniture sucrée qui fond littéralement dans la bouche.

— Mmmm! ajoute-t-elle. C'est incroyable !

Troy et Taylor prennent chacun une brioche, puis une autre main se glisse dans la boîte.

— Pas question de rater un déjeuner signé Zeke ! clame Chad Danforth avant de mordre à belles dents dans la brioche.

— Quelqu'un a-t-il dit que Zeke avait apporté à déjeuner? demande Sharpay Evans depuis l'autre bout du corridor.

Elle a remarqué que Zeke tient une boîte ouverte et elle sait que c'est habituellement synonyme de délicieuses gâteries. Elle arrive en trombe près de lui et jette un coup d'œil dans la boîte.

— Mmmm, qu'avons-nous là ?

— Oh ! ça ? lâche Zeke en essayant d'adopter un ton détaché pour parler de ses brioches. J'ai préparé ça en vitesse hier soir.

Il se tourne et permet à Sharpay de les regarder de plus près.

Gabriella observe Sharpay choisir sa brioche avec grand soin. Zeke a un faible pour Sharpay, et ce n'est un secret pour personne. À bien y penser, Gabriella est convaincue que Zeke a fait ces pâtisseries dans l'espoir que Sharpay y goûte. Sharpay aime bien les attentions spéciales que Zeke a pour elle… ainsi que les gâteries qu'il lui offre. Gabriella est ravie d'avoir pu participer au plan de Zeke pour inciter Sharpay à s'intéresser à lui !

— Hé ! Zeke ! lance Troy en léchant ses doigts. C'était vraiment bon.

Zeke ne répond pas. Il regarde droit devant lui, la bouche ouverte, les yeux écarquillés.

— Lui… Il… Il est ici, finit-il par bégayer en désignant le bout du corridor.

Les amis de Zeke suivent la direction indiquée par son doigt et aperçoivent le directeur, M. Matsui, qui vient vers eux. Il est accompagné d'un homme de grande taille aux cheveux noir de jais, vêtu d'un jean et d'un blouson en cuir couleur chocolat.

— C'est qui le type avec le directeur ? demande Chad.

Il examine l'homme qui avance dans le corridor.

— Chouette blouson, ajoute-t-il en approuvant d'un hochement de tête le blouson de cuir que porte l'homme à l'allure branchée.

— Oui, qui est-ce? demande Sharpay en poussant Chad pour mieux l'observer. Il a l'air d'une vedette de cinéma.

Zeke se retourne d'un bloc vers ses amis.

— Vous ne savez pas qui c'est? murmure-t-il.

Il n'arrive pas à croire que ses amis ignorent qu'une célébrité est actuellement dans leur école. Comme ses amis le fixent avec l'air de n'y rien comprendre, Zeke leur explique.

— C'est Brett Lawrence… l'un des meilleurs chefs pâtissiers de tout le pays. C'est lui qui anime l'émission *À vos fourneaux*.

— Hé! J'ai déjà vu cette émission, dit Gabriella.

Elle jette un coup d'œil à l'homme qui accompagne M. Matsui. Il lui semble familier.

— C'est une bonne émission, poursuit-elle. Deux concurrents doivent cuisiner un dessert dans un court laps de temps, en utilisant seulement les ingrédients qu'on leur fournit. Et l'animateur dit toujours « Déééé-licieux! »

— Il dit ça seulement s'il aime le dessert, la corrige Zeke.

Il se retourne à nouveau pour voir son idole. L'homme longe le corridor et se dirige vers lui et ses amis. Il y a tellement de choses que Zeke veut lui dire ! Il baisse les yeux sur la boîte vide qu'il a dans les mains. Il n'arrive pas à croire qu'il ne lui reste plus une seule brioche à faire goûter à Brett.

Au même moment, le directeur aborde le groupe d'amis.

— Voici quelques-uns de nos élèves ! déclare-t-il avec fierté. Les Wildcats, voici Brett Lawrence. Il est ici pour recruter des candidats en vue d'une série d'émissions spéciales mettant en valeur la fierté scolaire et qui sera diffusée sur les ondes de la chaîne Cuisine. L'enregistrement a lieu cette fin de semaine à Albuquerque et opposera deux collèges. Nous venons de passer en revue les détails du concours, et tout indique que ce défi sera très amusant.

Zeke est immobile. Aucun de ses muscles ne bouge. Il est incapable de parler. Il n'a pas produit un seul son depuis que son héros de la pâtisserie est apparu devant lui.

— Nous cherchons des Wildcats d'East High pour affronter les Knights de West High pour l'émission

À vos fourneaux, annonce Brett en regardant les élèves à la ronde et en souriant. Nous espérons que quelques-uns d'entre vous voudront y participer. L'enregistrement a lieu dans le centre-ville. Ça va être super.

Sharpay se penche vers Brett.

— Avez-vous dit « enregistrement » ? Comme dans « télévision » ?

Ces mots sonnent comme de la musique à ses oreilles ! Une occasion de passer à la télévision, c'est tout simplement trop beau pour qu'elle la laisse filer. Elle regarde Brett et lui sourit.

— Oh ! nous pouvons battre West High ! À plates coutures.

— Allez, les Wildcats ! crie Chad en lançant son poing en l'air.

Ses amis poussent des cris de joie.

Troy tape dans le dos de Zeke.

— Surtout que nous pouvons compter sur notre ingrédient secret, ici présent.

Zeke rougit. Il aurait tant de choses à dire à Brett, mais il est trop ébahi pour prononcer un seul mot !

— Eh bien, nous espérons qu'un grand nombre d'élèves participeront à l'événement, conclut M. Matsui. Nous parlerons de l'émission et expliquerons tous les détails durant les annonces internes.

— Ce sera une émission vraiment excitante, lance Brett à tout le groupe. L'enregistrement se fera en direct et nous demanderons à chaque équipe de créer un gâteau original en studio, devant un auditoire.

— Un *véritable* auditoire en studio? répète Sharpay en battant des cils.

Elle n'arrive pas à le croire! Voici enfin sa chance de faire ses débuts au petit écran tout en étant sur scène, devant des spectateurs.

— Oui, répond Brett. Plutôt chouette, non?

— Pourrons-nous manger les gâteaux à la fin? demande Chad.

— Tu parles! dit Brett. J'espère vous revoir tous samedi.

Lorsque le directeur et le célèbre chef s'éloignent, Zeke laisse échapper un profond soupir.

— Ouah! dit-il d'une voix encore étouffée. Il est formidable, pas vrai?

— Cette émission va être géniale, commente Sharpay.

Elle a le regard rêveur. La seule chose à laquelle elle pense, c'est à toutes les occasions qui s'offriront à elle une fois qu'elle aura fait son apparition à cette émission de télévision. Il faut absolument qu'elle participe à *À vos fourneaux*.

La première sonnerie retentit et tout le monde se dirige vers sa classe pour écouter les annonces du matin.

— Je vous rejoins, lance Zeke à ses amis.

Troy hoche la tête et dit :

— Bien sûr. Hé ! Au fait, merci pour le déjeuner ! Brett va être impressionné par ton travail.

Troy donne une tape dans le dos de son ami, puis s'empresse de rattraper le reste du groupe.

Zeke longe le corridor jusqu'à son casier. Il se sent un peu étourdi. Il y a à peine un moment, il était face à son idole. Mais Zeke se demande aussi comment il va réussir à impressionner ce célèbre chef s'il ne réussit même pas à se présenter devant lui ! Sa pâtisserie devra parler pour lui.

2

Sharpay aperçoit son frère jumeau, Ryan Evans, devant son casier, une pile de livres sur les bras.

— Oh! Ryan! s'écrie-t-elle en courant vers lui. J'ai une nouvelle incroyable à t'annoncer!

Ryan change ses livres de place et les appuie plutôt sur sa hanche, puis il place sa casquette sur sa tête. Il ne veut pas être en retard au rassemblement en classe, mais il est quand même curieux de savoir.

— Quelle nouvelle? demande-t-il à Sharpay.

— La plus excitante et la plus fantastique des nouvelles.

Elle s'adosse contre les casiers et serre ses livres contre sa poitrine en ajoutant :

— La nouvelle que nous attendons depuis *toujours*.

Tout en regardant sa sœur, Ryan fait défiler les possibilités dans sa tête.

— Le spectacle de variétés de la région nous a rappelés à la suite de notre numéro de danse ? demande-t-il, rempli d'excitation.

Le visage de Sharpay esquisse une grimace.

— Non, pas ça, dit-elle. Vise plus haut.

Elle caresse ses longs cheveux blonds pour s'assurer que leurs boucles sont toujours parfaites.

— Plus haut ? reprend Ryan.

Il fixe Sharpay. Où veut-elle en venir ? S'agirait-il d'un spectacle de variétés à l'échelle de l'État ? Ou peut-être… à l'échelle du pays ?

— Oh ! voyons ! Réfléchis ! crie Sharpay, exaspérée.

Pourquoi Ryan met-il autant de temps à deviner ? se demande-t-elle. À ce rythme-là, elle ne sera pas capable d'attendre qu'il trouve la réponse.

— Je vais avoir mon heure de gloire ! finit-elle par lâcher. Je vais être la vedette d'une émission de télévision !

C'est à ce moment que la deuxième sonnerie retentit, celle qui signifie le début des annonces et qui rappelle que tous ceux qui sont encore dans les corridors sont en retard. Ryan continue à fixer Sharpay.

— Quoi ? demande-t-il.

Il se demande bien ce qui a pu se passer entre le moment où ils sont entrés ensemble dans l'école et maintenant. Il devra toutefois attendre la fin des classes avant d'en savoir plus. Avant d'entrer, Sharpay se retourne, hausse les sourcils et sourit. Puis, elle lui fait un clin d'œil.

Ryan secoue la tête et suit sa sœur dans le local. Il tente de s'asseoir sans se faire remarquer. Mme Darbus remarque son retard d'un regard dur, puis elle s'éclaircit la voix.

— C'est bon, dit-elle en s'adressant aux élèves. Un peu de calme, s'il vous plaît. Et soyez attentifs. Comme toujours, il y a des annonces importantes, ce matin. Écoutez bien.

Le micro crépite un moment, puis la voix de M. Matsui retentit dans la classe.

— Bonjour, chers Wildcats. En ce mercredi matin, nous avons une annonce importante à faire, commence le directeur. Nous avons la chance d'offrir à un groupe d'élèves l'occasion exceptionnelle de participer à un concours de pâtisserie organisé par l'émission de télévision *À vos fourneaux.*

Ryan sourit d'un air narquois. C'était donc ça la grande chance de passer à la télévision dont Sharpay parlait ? Sa sœur aurait-elle complètement perdu la tête ? Elle ne sait même pas comment allumer le four et encore moins comment préparer un gâteau. Il la regarde. Elle est assise à son pupitre, de l'autre côté de la classe, et elle admire son visage dans son miroir de poche pendant l'annonce.

— L'enregistrement du concours aura lieu samedi et l'émission sera animée par le grand chef Brett Lawrence, poursuit M. Matsui. Le chef Lawrence est avec nous ce matin. Je le laisse vous en dire plus au sujet de l'émission.

— Bonjour, East High ! lance le chef avec enthousiasme.

Il a une voix profonde. Ryan devine tout de suite qu'il a l'habitude de parler au micro et de s'adresser à de grands groupes.

— Nous sommes à la recherche des meilleurs jeunes chefs pour confectionner de délicieuses pâtisseries dans le cadre du concours de samedi. L'émission opposera East High à West High.

— Si vous êtes intéressés, ajoute le directeur, adressez-vous à Mme Davis au local d'économie familiale et inscrivez-vous pour faire partie de l'équipe d'East High. Allez, les Wildcats !

Ryan n'écoute aucune des autres annonces. Il réfléchit au plan de sa sœur. Comment peut-elle seulement envisager participer à cette émission ? Elle ne connaît rien à la cuisine. À vrai dire, Ryan est pratiquement certain qu'elle n'a jamais rien cuisiné de toute sa vie !

Quand la sonnerie retentit, tout le monde rassemble ses affaires. Ryan rejoint sa sœur dans le corridor.

— Tu vois ce que je voulais dire ? jubile Sharpay. Je vais devenir une vedette de la télé !

Ryan regarde sa sœur d'un air surpris.

— Tu as l'intention de participer à cette émission de cuisine ? demande-t-il.

— Mais bien sûr ! roucoule Sharpay dont les yeux bruns scintillent.

Elle commence à marcher.

— Je sais reconnaître une véritable occasion quand j'en croise une, ajoute-t-elle.

— Sharpay ! appelle Ryan en la rattrapant. Tu ne sais même pas faire la différence entre du bicarbonate de sodium et de la levure chimique. Qu'est-ce qui te fait croire que tu vas faire partie de cette équipe ?

Sharpay agite sa main devant son visage comme pour chasser la réaction ridicule de Ryan.

— Tout le monde aime voir quelqu'un de joli à la télé. Je vais être parfaite. Surtout avec Zeke en tant que grand chef.

— Aaaah ! s'écrie Ryan en comprenant la stratégie de sa sœur. Tu vas t'organiser pour que Zeke fasse tout le travail pendant que toi, tu te pavaneras sur le plateau.

Sharpay fait la moue et rejette ses cheveux en arrière.

— C'est faux, je vais aider, moi aussi, réplique-t-elle. Je suis une personne talentueuse, cela va de soi. Je peux défaire du beurre en crème aussi bien que n'importe qui.

Puis, elle lève les yeux devant le manque de connaissance de Ryan.

— Tu sais, la présentation joue un rôle très important dans l'expérience gustative.

— Bien sûr, répond Ryan en se moquant d'elle. Je suis certain que tu sauras te rendre très utile.

— Oh ! Ryan ! s'écrie-t-elle sans écouter un mot de ce qu'il dit. C'est tout simplement la meilleure des nouvelles !

Elle songe alors à tout ce dont elle doit s'occuper avant l'émission.

— J'ai tant de choses à faire d'ici samedi ! Mes cheveux, mes ongles, énumère-t-elle en comptant sur ses doigts. Et je dois aller magasiner !

Ryan regarde sa sœur se diriger vers son cours. Il est content de la voir aussi emballée, mais il ne peut s'empêcher de se demander si elle pourra supporter la pression dans la cuisine ?

À l'autre bout du corridor, Zeke, Gabriella et Troy se dirigent ensemble vers leur premier cours de la journée. Zeke est inhabituellement silencieux. Il a l'air d'un petit garçon debout au bord d'un tremplin très haut.

— Alors, mon frère ! l'appelle Troy. Prêt pour le grand concours ?

— Hé ! mon vieux, répond Zeke. Je n'arrive pas à le croire ! C'est mon plus grand rêve ! Tu n'as pas idée. Brett Lawrence est mon idole !

Gabriella sourit à Zeke. Elle n'a pas l'habitude de le voir aussi tendu en dehors du terrain de basket-ball. Zeke est un compétiteur acharné. Comme membre de l'équipe élite de basket-ball du lycée, il aime gagner. Mais cette fois, c'est différent.

— Je me demande qui sera ton adversaire de West High, fait Gabriella.

— Peu importe, commence Troy à l'intention de Zeke. Mon ami, ici, va tout rafler. Sans problème.

Troy donne une tape dans le dos de Zeke.

— Merci, mon vieux, répond Zeke.

Il apprécie la confiance qu'on lui témoigne. Tout à coup, il commence à se sentir un peu mieux. Il est prêt à se lancer dans l'aventure.

— Vous deux, vous allez vous inscrire, pas vrai? Vous allez faire partie de l'équipe?

Gabriella et Troy hochent tous deux la tête.

— Nous sommes tout à fait derrière toi, chef, confirme Troy à Zeke.

Zeke sourit. Il est content de savoir que ses amis seront présents.

— As-tu déjà réfléchi à ce que tu allais faire? demande Gabriella.

— Peut-être quelque chose au chocolat. Ma grand-mère Emma fait toujours cet étonnant gâteau au chocolat quand je vais la visiter à Atlanta. C'est un dessert très riche et vraiment impressionnant.

— Si c'est au chocolat et que c'est toi qui le fais, c'est dans la poche! se réjouit Troy. Les Wildcats ne vont faire qu'une bouchée de ces Knights de West High !

— Pourquoi tout le monde devient-il dingue dès qu'on parle de West High ? demande Gabriella.

Encore un peu nouvelle à East High, elle ne comprend pas véritablement la rivalité qui les oppose à cette école de l'autre bout de la ville.

— C'est toute une histoire, explique Troy. Ça fait des années que nos équipes de basket-ball s'affrontent sur le terrain. Mais, il faut le dire, les Wildcats rugissent fort.

— Même dans la cuisine, conclut Gabriella en souriant.

— Ouais, ajoute Zeke en souriant lui aussi. Même dans la cuisine !

À l'heure du repas, tout le monde discute de *À vos fourneaux* à la cafétéria. Quand Zeke arrive à la table avec son plateau, ses amis sont en train de débattre du type de gâteau qui, selon eux, conviendra le mieux pour le concours.

— C'est tellement évident que nous allons battre West High, déclare Chad au moment où Zeke prend place à table.

— Vive les Wildcats ! s'exclame Jason Cross, leur ami et coéquipier, en sautant pour taper dans la main de Chad.

— Je pense que tout le gâteau devrait être aux couleurs d'East High, ajoute Chad. Il pourrait représenter un terrain de basket, par exemple, avec les paniers, le ballon et tout.

— Avec un tableau d'affichage qui indique que les Wildcats l'emportent haut la main sur les Knights, ajoute Jason en tendant le bras vers Chad pour lui taper une nouvelle fois dans la main.

Ryan se penche vers la table. Il est avide d'entendre chacune des idées et d'apporter les siennes également. Lui non plus ne veut pas voir West High gagner, alors il tient à faire tout son possible pour aider les Wildcats à remporter le concours.

— Peut-être vaudrait-il mieux quelque chose qui représente East High dans son ensemble. Comme une maquette de l'école, par exemple ?

— C'est beaucoup de travail, rétorque Taylor en secouant la tête.

Elle pianote sur son cahier, lequel est déjà rempli de croquis et de mesures. Gabriella et elle notent tous les détails de chacune des propositions.

— Il faudrait tout faire dans les proportions, ajoute-t-elle.

— Non, non ! s'écrie Chad en bondissant pratiquement de son siège. J'ai trouvé. Nous devrions faire une voiture avec de vraies roues, comme ça, nous pourrions rouler le gâteau jusqu'à la première place.

Zeke plante sa fourchette dans sa salade de pâtes.

— Je ne sais pas trop, dit-il. Tout ça me semble plutôt difficile à réaliser.

— Ne t'inquiète pas, le rassure Gabriella. Taylor et moi, nous pouvons nous occuper de reporter les mesures sur le papier quadrillé, afin que le gâteau ait fière allure… et qu'il soit proportionné.

— Et stable, ajoute Taylor. La cuisine, c'est scientifique, vous savez, déclare-t-elle en promenant son regard autour de la table. Nous devrons calculer avec précision comment bâtir la structure de manière à ce qu'elle soit stable. Notre gâteau ne gagnera pas s'il s'écroule et finit par terre, en morceaux.

Assis sur le bout de sa chaise, Jason exprime son opinion.

— Hem, j'aimerais simplement vous rappeler à tous qu'il s'agit d'un concours de pâtisserie, ce qui signifie que le gâteau ne doit pas seulement avoir l'air bon, mais qu'il doit aussi avoir bon goût.

— Jason a raison, intervient Kelsi Nielsen en approchant de la table. Si le gâteau est mauvais, son apparence n'aura plus aucune importance.

Gabriella pouffe de rire.

— Il doit être *dééélicieux* !

— Exact, et pour ça, nous avons manifestement besoin d'un plan détaillé, insiste Taylor. On ne peut pas se contenter de confectionner un gâteau et d'espérer qu'il se transforme en l'idée qu'on s'en est fait.

À ce moment de la conversation, Zeke décide qu'il en a assez entendu. Il lève les mains en l'air et dit :

— C'est bon ! D'abord, le gâteau sera délicieux. Ensuite, nous allons travailler tous ensemble pour lui trouver l'allure Wildcat la plus chouette possible.

Taylor n'en revient pas de voir à quel point Zeke s'exprime calmement. Est-ce bien le même garçon qui, il y a quelques heures, était pétrifié devant Brett Lawrence ? Un changement s'est opéré chez Zeke, et Taylor est ravie de le constater. Mais elle tient à ce qu'il soit bien préparé. Le stress du concours pourrait aisément transformer la tâche la plus simple en un véritable défi.

— Nous parlons de télévision à l'échelle nationale, lui rappelle-t-elle en mordant dans son sandwich à la dinde et en jetant un coup d'œil autour de la table à la recherche de soutien. Nous devons être les meilleurs et présenter un gâteau à l'allure irréprochable.

— Exactement, déclare Sharpay en approchant de la table.

Taylor se retourne vers elle, surprise. De toutes les personnes présentes, ce n'est pas de Sharpay que Taylor s'attendait à recevoir du soutien !

— Et c'est là où je peux vous être utile, poursuit Sharpay.

Elle approche une chaise de la table et la coince entre les autres. Puis, elle adresse un grand sourire directement à Zeke.

— Tu sais, je suis d'un naturel désarmant devant une caméra. Sans compter que j'excelle dans l'art d'avoir une allure irréprochable.

Gabriella et Taylor lèvent les yeux au ciel, mais Zeke, lui, ne semble pas dérangé par l'attention que lui accorde sa belle Sharpay. Kelsi devine où cela va les mener et elle essaie de ramener l'attention de Zeke sur le sujet.

— Brett Lawrence n'a-t-il pas une autre expression, comme « Ça rehausse ? » demande-t-elle.

— Oui, approuve Zeke, ravi de voir que quelqu'un d'autre regarde l'émission.

Il fait un signe de tête à Kelsi, appréciant le fait qu'elle se soit souvenue de l'une des nombreuses expressions célèbres de Brett.

— Brett mentionne une décoration superbe *et* un bon goût comme étant les éléments importants, mais il accorde généralement plus de points au goût, non ? demande encore Kelsi en s'adressant directement à Zeke. Nous devons vraiment nous concentrer sur l'odeur et la saveur du gâteau. Et pas uniquement sur son allure... ou sur celle de quiconque se trouve devant la caméra.

— Cependant, Brett dit souvent que la présentation est l'élément clé de l'ensemble, rappelle Zeke.

Il sent que la frénésie commence à le gagner. S'il participe, c'est pour gagner. Il doit s'assurer que Brett le remarque, qu'il sache qui il est et à quel point il désire devenir un excellent chef pâtissier.

— J'appuie ! s'exclame Sharpay en sautant sur l'occasion. La présentation, c'est tellement important.

Elle décoche un large sourire à Zeke. C'est tout juste si elle ne sent pas déjà les lumières des caméras de télévision briller sur elle. Sharpay a peine à se contenir. Elle sera bientôt la vedette de l'émission, celle dont le talent n'attendait qu'à être découvert. Personne ne lui fera obstacle.

— Écoutez, dit Zeke à ses amis assis autour de la table. Pourquoi ne pas nous inscrire *tous* pour former une solide équipe de Wildcats ? Ça serait amusant. Avec vous tous derrière moi, je ne vois pas comment nous pourrions perdre ?

— Bonne idée ! s'exclame Chad.

Tout le monde semble emporté par la folie du concours de pâtisserie.

— Hé ! pourquoi ne viendriez-vous pas tous chez moi ce soir ? Nous pourrions regarder ensemble quelques épisodes de *À vos fourneaux ?* propose Zeke.

— Ouais, ce serait comme épier l'équipe adverse ! lance Chad. En observant Brett, nous découvrirons peut-être quelques indices subtils.

Taylor regarde Chad et lui sourit.

— C'est une idée formidable ! Comptez sur moi.

Toute la bande se met d'accord pour se retrouver chez Zeke, plus tard en soirée. Ce dernier est ravi de voir que ses amis sont emballés par le concours.

— Nous devrions aussi aller trouver Mme Davis, ajoute Taylor. Je suis certaine qu'elle a hâte de voir l'équipe s'atteler à la tâche.

— Eh bien, dans ce cas, dit Chad en se levant, mettons en branle cette fête de la pâtisserie.

Il attrape la main de Taylor et tous deux se dirigent vers la porte. Tous les jeunes autour de la table les imitent, sauf Zeke et Sharpay.

— Viens, Zeke! appelle Chad par-dessus son épaule.

— Vas-tu au local de Mme Davis pour t'inscrire? demande Zeke à Sharpay.

Sharpay hoche la tête et sourit.

— Oui, dit-elle gentiment.

Zeke bondit sur ses pieds.

— Je t'accompagne, dit-il.

— Oh! bon sang, soupire Taylor en les regardant s'éloigner. C'est clair, ça promet d'être très intéressant...

Mme Davis promène un regard ravi autour de son local d'économie familiale. Elle est contente de voir autant d'élèves intéressés à s'inscrire au concours de pâtisserie.

— Assoyez-vous, je vous prie, dit-elle au groupe de Wildcats de plus en plus nombreux. Ce concours est une occasion tellement géniale pour East High.

Elle regarde les élèves avec une expression radieuse avant d'ajouter :

— Brett Lawrence est un chef formidable et son émission spéciale promet d'être vraiment excitante !

Kelsi se penche pour chuchoter quelque chose à l'oreille de Gabriella.

— Je crois que Mme Davis est aussi emballée que Zeke.

— *Presque* aussi emballée, se moque Gabriella en entendant Mme Davis parler de long en large des récentes émissions de *À vos fourneaux*.

— Rappelez-vous qu'il n'y a pas que l'aspect visuel de la pièce qui compte, mais aussi le goût, leur répète Mme Davis. Vous devez donc faire quelque chose de *déééélicieux* !

Elle rit de son utilisation de l'expression favorite de Brett.

— Vous voyez ? On vous l'a dit que le plus important, c'était le goût ! lance Jason.

Il adresse un clin d'œil à Kelsi qui rougit en lui retournant son sourire.

— Je crois que la meilleure façon de nous préparer pour ce concours, poursuit Mme Davis, c'est de désigner un chef.

Elle pose les yeux sur Zeke et lui sourit.

— Le chef est celui qui élabore le menu et qui organise le travail des sous-chefs qui l'aident à préparer les aliments. C'est aussi lui qui est responsable de la présentation générale.

— Zeke est notre homme ! s'exclame Chad.

Tout le monde dans le local se met à crier et à chahuter gaiement. Zeke est le premier sélectionné, bien sûr.

Zeke rougit. Il baisse les yeux en essayant de ne pas être trop embarrassé par toute cette attention à son endroit. Il tape nerveusement du pied.

— Oui, confirme Mme Davis, je crois que Zeke est un excellent candidat.

Elle s'avance et vient se placer juste à côté de lui.

— Alors, Zeke, accepterais-tu d'être le chef ?

— Bien sûr ! lance Zeke sans hésiter une seule seconde.

Sa timidité s'est changée en détermination. Il rêve d'une occasion comme celle-ci depuis si longtemps. Bien sûr, il adore cuisiner pour ses amis et sa famille, mais ce concours représente une chance unique de montrer toute l'étendue de son savoir-faire.

Une autre ronde d'acclamations fuse.

— Vous pouvez tous avoir accès à ce local pour les deux après-midi à venir, explique Mme Davis. Ce soir, chacun devrait rentrer chez lui et réfléchir à des idées de gâteau gagnant. Revenez demain et discutez-en avec votre chef.

Elle adresse un large sourire à Zeke et reprend :

— Puis, je vous suggère d'effectuer au moins une répétition générale afin que Zeke soit à l'aise avec le temps alloué et la recette. Le concept de *À vos fourneaux* repose aussi sur la stratégie. Chaque minute compte.

Après avoir prodigué ses conseils, Mme Davis laisse les apprentis cuisiniers à leur travail. Troy s'avance vers Zeke.

— Plutôt chouette, hein ? fait-il. Non seulement tu as eu la chance de rencontrer ton idole aujourd'hui, mais en plus, tu vas avoir l'occasion de lui cuisiner un dessert unique.

Zeke hoche la tête. Il est très heureux de tout ce qui lui arrive. Il promène son regard sur ses amis présents dans le local.

— Ça va être *exquiiiis !* s'écrie-t-il.

Il est impatient de commencer.

Le jeudi, Zeke a bien de la difficulté à se concentrer en classe. Après avoir visionné trois anciens épisodes de *À vos fourneaux* en compagnie de ses amis la veille, il a l'impression qu'il peut déjà imaginer Brett en train de goûter à son gâteau. Et cela le motive au maximum ! Durant chaque cours, Zeke guette l'horloge de la classe en espérant voir les minutes s'écouler plus rapidement. Il a hâte d'investir la cuisine du local de Mme Davis et de commencer à cuisiner.

Enfin, la dernière sonnerie retentit, annonçant officiellement la fin des cours. Accompagné de Jason, Zeke se dirige vers le local de Mme Davis.

— Hé ! mon vieux, dit Chad en rattrapant ses amis. Qu'est-ce qui mijote ?

Un grand sourire traverse son visage. Même si Chad n'est pas aussi à l'aise dans une cuisine que sur un terrain de basket, il se met entièrement à la disposition de son copain.

— Je ne sais pas vraiment cuisiner, reconnaît-il pendant qu'ils marchent, mais une chose est certaine, j'aime manger !

— Ouais, mon vieux, ajoute Jason, si tu as besoin d'un goûteur, je suis ton homme.

— Et puis, il n'y a rien que j'aimerais plus que de vaincre ces Knights de West High, lance Chad. Ils n'ont aucune chance contre notre bon vieux Zeke.

Zeke sourit à ses amis. C'est super de sentir son équipe derrière lui. Il est assez sûr que le goût unique du gâteau de grand-maman Emma combiné avec un design original est une formule gagnante.

Quand les garçons arrivent dans le local, ils trouvent Gabriella, Troy et Taylor qui sont déjà sur place.

Taylor a étalé son papier quadrillé sur la table devant elle. Gabriella et elle sont prêtes à dessiner et à calculer les dimensions de n'importe quel modèle qu'on leur soumettra.

— Nous sommes prêts si tu l'es, dit Troy à Zeke.

Il ne sait pas trop comment il pourra lui être utile, mais il se considère comme le plus fervent admirateur de Zeke.

Zeke ouvre son sac à dos et en sort un petit carnet blanc.

— Ceci contient la recette de grand-maman Emma, déclare-t-il. Elle circule depuis des générations dans ma famille, ajoute-t-il en tapotant le carnet. J'ai déjà fait ce gâteau des douzaines de fois lorsque je lui rendais visite à Atlanta, et je crois qu'il serait une bonne base pour notre gâteau East High.

— Ça me semble une bonne idée, dit Gabriella. Un dessert au chocolat, c'est toujours gagnant.

— La plupart des gens optent pour un dessert au chocolat plutôt que pour tout autre dessert, annonce Taylor d'un ton détaché.

Voyant que tous ses amis la dévisagent, elle hausse les épaules.

— Ben quoi ? J'ai juste fait une petite recherche sur Internet hier soir. C'est toujours bon d'avoir quelques données à portée de main.

Kelsi entre en courant dans le local.

— Hé ! salut vous autres ! lance-t-elle, légèrement essoufflée. Je viens de parler à une fille de l'équipe *À vos fourneaux* de West High. Je la connais parce qu'elle a déjà pris des leçons de piano avec moi.

Elle s'arrête un instant pour reprendre son souffle, pendant que tout le monde dans le local a les yeux rivés sur elle.

— Qu'a-t-elle dit ? demande Taylor, avide d'en savoir plus au sujet de leurs adversaires. As-tu découvert ce qu'ils vont préparer ?

Kelsi secoue la tête.

— Ma foi, non, admet-elle, mais je sais qu'ils peuvent compter sur une équipe assez nombreuse. Je sais aussi qu'Eli Maxwell et Hilary Lloyd en font partie.

— Hilary Lloyd ? répète Sharpay avec un air pincé en entrant dans le local.

S'il y a un nom que Sharpay n'aime pas entendre, c'est bien celui-là. Hilary et Sharpay ont toutes deux été responsables du défi Cœur à Cœur, une campagne de financement annuelle menée à l'occasion de la Saint-Valentin par l'Association Cœur d'or et pour laquelle Sharpay s'était donnée à fond. Hilary s'était montrée très compétitive à cette occasion, et Sharpay se réjouit à l'avance à l'idée de la voir perdre… à nouveau.

— Oh ! j'ai trop hâte de voir la tête qu'elle fera quand nous lui ravirons le prix ! claironne Sharpay.

— Oui, confirme Kelsi. Elle fait bel et bien partie de l'équipe. Apparemment, West High a décidé de remplir la cuisine d'une tonne d'équipiers.

Elle jette un coup d'œil autour de la pièce et ajoute :

— Cependant, je ne pense pas que West High puisse compter sur quelqu'un comme Zeke. Ça les rend plutôt inquiets, d'ailleurs.

Elle fait un signe de tête à Zeke.

— Eh bien, dit Zeke en se frottant les mains, nous avons du pain sur la planche si nous voulons donner l'impression que tout ça est un jeu d'enfant pour nous.

— Hem... fait Sharpay en s'éclaircissant la voix. Avant que nous commencions, j'aurais une question. Est-ce que quelqu'un peut venir me donner un coup de main à l'extérieur du local ? C'est l'affaire d'une minute.

Elle promène son regard sur Troy, Chad et Jason, avant de l'arrêter sur Zeke.

Gabriella observe Sharpay avec méfiance. Qu'est-ce qu'elle manigance encore ?

Zeke sourit à celle qui fait battre son cœur et se précipite à sa suite hors du local. Par pure curiosité, Chad les suit. Une grosse malle de voyage se trouve dans le corridor. Ryan est à côté, un diable à la main. Il semble exténué d'avoir poussé la lourde charge.

— Qu'est-ce que c'est? demande Zeke.

— Ce sont tous les différents costumes que j'ai choisis pour l'émission, explique Sharpay. Comme je ne sais pas encore ce que tu vas préparer, je veux avoir assez de choix à ma disposition pour être capable d'agencer ma tenue à ton gâteau. Les couleurs sont *tellement* importantes, tu sais. Je veux être certaine de choisir la combinaison gagnante afin de faire pencher le vote du bon côté. Je ne voudrais pas que ma tenue jure avec le gâteau.

— C'est très gentil de ta part, Sharpay, dit Chad en roulant de gros yeux.

Sharpay ne tient pas compte de ce commentaire et ouvre la malle comme si elle ouvrait la porte d'un placard. Elle tend à Zeke les différentes tenues qu'elle a sélectionnées.

— *C'est* très gentil de ta part, fait remarquer Zeke, tout à fait sincère.

Il écarquille les yeux en voyant Sharpay lui tendre une tenue après l'autre. Il est ébahi par la quantité de vêtements entassés dans la malle.

Pendant que Chad retourne dans le local pour rendre compte de l'incroyable collection de vêtements de Sharpay, celle-ci prend Zeke par le bras et l'entraîne de côté.

— Les personnes qui te seconderont sur le plateau sont très importantes, lui explique-t-elle, presque dans un murmure. Elles devront retenir l'attention du public. N'oublie pas que la scène n'a pas de secrets pour moi.

— Oui, c'est certain que tu t'y connais, dit Zeke en baissant les yeux sur le haut orné de paillettes rouges étalé sur ses bras, mais je ne crois pas que tu auras besoin de ces tenues pour cuisiner. D'habitude, les chefs portent une veste blanche et un pantalon pied-de-poule noir et blanc.

— Un pantalon pied-de-poule noir et blanc ? répète Sharpay d'une voix cassée.

Elle semble horrifiée par ce choix vestimentaire. À quoi pensent-ils donc ?

Zeke hoche docilement la tête.

— Ou alors, ils portent un tablier. Ça peut être drôlement salissant dans une cuisine, ajoute-t-il en lui tendant le haut à paillettes. Ce vêtement pourrait être abîmé en moins de deux.

 47

— Hum... dit Sharpay, songeuse, avant d'ouvrir de grands yeux. Une minute ! Est-ce que tu me dis ça parce que tu vas me choisir pour être à tes côtés sur le plateau ?

Elle retient son souffle et plonge son regard dans celui de Zeke. Elle ose à peine croire que son plan se déroule exactement comme elle l'avait imaginé.

Sans dire un mot, Zeke va vers la malle et y replace les costumes.

— Allons-y, dit-il en indiquant d'un signe à Ryan et à Sharpay d'entrer dans le local de Mme Davis. Nous n'avons pas beaucoup de temps.

Sharpay se retourne pour lancer un clin d'œil à Ryan, puis elle emboîte le pas à Zeke. Comment Ryan peut-il douter de son plan ? De toute évidence, Zeke va lui demander d'être son assistante. Bon, d'accord, il aura fallu insister un peu pour qu'il se rende compte qu'il avait besoin d'elle, mais Sharpay était tout à fait prête à lui donner un petit coup de main au besoin. Elle ne sait pas trop ce que fait un sous-chef, mais si cela implique de se tenir devant une caméra, elle est parfaite pour tenir le rôle.

Zeke promène son regard sur ses amis dispersés dans le local.

— Je veux que vous sachiez que j'aurai besoin de vous tous pour m'aider à tout organiser, déclare-t-il. Sur le plateau cependant, je crois qu'il serait mieux que je n'aie qu'un seul sous-chef pour me seconder.

Sharpay retient son souffle. Il faut que Zeke la choisisse pour l'accompagner sur le plateau. Il le faut !

Ryan se tient près de la porte et il secoue la tête. Il redoute d'entendre ce que Zeke est sur le point d'annoncer. À coup sûr, songe-t-il, la fille qui n'a jamais fait bouillir de l'eau a réussi à le persuader de la nommer sous-chef.

Zeke s'éclaircit la voix et déclare :

— Sharpay, tu te tiendras juste à côté de moi, tu me passeras les ingrédients et tu t'assureras que nous sommes dans les temps.

Il la regarde droit dans les yeux et est ravi de constater qu'elle le regarde tout aussi franchement.

— Alors, je suis ton sous-chef ? demande-t-elle, ses yeux bruns brillant de mille feux.

Zeke ne pourrait pas être plus heureux.

— Oui, confirme-t-il à la stupéfaction de tout le monde dans la pièce.

Sharpay pousse un petit cri de joie.

Pendant que les préparatifs se mettent en train, Gabriella observe Zeke qui montre à Sharpay comment utiliser un tamis. Elle doit se retenir de rire. Est-il vraiment en train de lui expliquer comment tamiser de la farine ?

Malgré ses grands talents de comédienne, se dit Gabriella, comment Sharpay fera-t-elle pour prétendre qu'elle sait cuisiner ? Zeke s'est manifestement laissé aveugler par ses sentiments. Comment Sharpay pourrait-elle aider Zeke à cuisiner alors que tout ce qui l'intéresse, c'est de savoir où sont les caméras et si elle est bien dans leur champ de vision ? Gabriella soupire. Comme tout le monde à East High, elle souhaite gagner ce concours, mais avec le sous-chef que Zeke vient de se choisir, elle se demande s'ils n'ont pas trouvé la recette parfaite pour préparer un beau fiasco.

5

— Enfin le week-end ! clame joyeusement Troy en entrant dans le local de Mme Davis après la fin des cours, vendredi.

Une odeur de pain aux bananes flotte dans le local d'économie familiale, sûrement une ultime trace du dernier cours de la journée. Mme Davis n'est pas là, mais elle a laissé un message à l'intention de l'équipe du concours de pâtisserie sur le tableau : BONNE CHANCE AU CHEF ZEKE ET À SON ÉQUIPE ! ALLEZ, LES WILDCATS !

— Ouais, là tu parles ! lance Chad en levant les yeux vers Troy.

Chad et Jason sont déjà assis à l'une des longues tables. Ils sont penchés sur l'un des dessins de Taylor représentant le modèle de gâteau d'East High.

— Ça va chauffer en fin de semaine, continue Chad. Nous allons triompher samedi.

— West High va se couvrir de ridicule ou plutôt… de farine, c'est garanti, ajoute Jason.

— Tout à fait, approuve Troy en jetant un coup d'œil par-dessus leurs épaules. Taylor et Gabriella ont conçu un super modèle de gâteau pour les Wildcats.

— Je ne sais pas trop, commente Chad en prenant le papier dans ses mains pour l'examiner de plus près. Je continue à penser que nous devrions faire quelque chose de plus tape-à-l'œil… et de plus haut.

— Tu devrais discuter de ça avec le chef, dit Troy.

Il dépose son sac à dos par terre et tire un tabouret pour s'asseoir avec ses amis.

— Je ne crois pas qu'il raffole de leur concept, lui non plus. Connaissant Zeke, il doit avoir une autre idée derrière la tête.

— Oh! Zeke n'est pas encore arrivé? demande Kelsi en entrant précipitamment dans le local.

— Il arrive, répond Chad. Ne t'inquiète pas. Il est simplement parti chercher quelques ingrédients au supermarché.

— Je croyais être en retard, dit Kelsi, soulagée.

Elle s'empare d'un tabouret et le tire jusqu'à la table où les garçons sont assis. Kelsi a très hâte de voir la création de Zeke… et d'y goûter. Aujourd'hui, l'équipe a décidé de suivre le conseil de Mme Davis et de chronométrer l'exécution de la recette. Et puis, tout le monde est d'avis qu'il est important de goûter à ce fameux gâteau !

— Avons-nous choisi le modèle de gâteau ? demande Kelsi.

Elle ignore comment s'est terminée la réunion de la veille. Peu de temps après que Zeke eut annoncé que Sharpay allait être son sous-chef, tout le monde était parti.

— Eh bien, Taylor croit que ce sera un Wildcat qui saute dans un panier de basket-ball, explique Chad en lui montrant le papier, mais comme Zeke n'est pas encore arrivé, c'est plutôt difficile de deviner ce qu'il va faire.

Au même moment, Zeke entre dans le local, les bras chargés de deux gros sacs d'épicerie. Sharpay et Ryan arrivent derrière lui.

— Salut, les Wildcats ! claironne Sharpay en paradant dans tout le local. Attendez de voir ce que je cache dans mon sac !

Elle glousse de plaisir en extirpant un tablier rouge vif orné de strass rouge et blanc qui scintille. Le vêtement est éblouissant.

— Ouah ! dit Troy. Voilà qui s'appelle afficher ses couleurs.

— Et en mettre plein la vue, ajoute Kelsi.

— Allez, les Wildcats, dit Chad à voix basse en essayant d'étouffer un petit rire.

Sharpay revêt le tablier et prend la pose, les mains sur les hanches. Elle est convaincue que le tablier aura un succès fou. Le rouge lui va comme un gant ; la caméra adore les couleurs vives.

— Prête à cuisiner ! lance-t-elle en souriant et en saluant tout le groupe de la main.

Troy remarque que Zeke ne lève même pas les yeux vers Sharpay. Il s'occupe de sortir les ingrédients des sacs et de les aligner sur l'une des tables.

— Hé ! Où sont Taylor et Gabriella ? s'étonne Jason.

— Elles ont une réunion avec l'équipe du Décathlon scolaire, répond Troy. Elles arriveront plus tard. Elles ne veulent surtout pas manquer notre essai.

Zeke examine avec soin son plan de travail. Il a aligné les ingrédients selon l'ordre dans lequel il va les utiliser. Il veut que son minutage soit parfait.

— C'est bon, dit-il en s'adressant au groupe. Que la fête commence !

Kelsi sort un gros chronomètre.

— Je vais tenir le temps pour toi, Zeke, propose-t-elle. J'actionne le chrono dès que tu es prêt.

— Attends ! s'écrie Chad en poussant un chariot à roulettes surmonté d'un four à micro-ondes.

Il installe le chariot en plein devant la table de Zeke.

— Imaginons que c'est la caméra. Tant qu'à faire une répétition, aussi bien la faire en s'approchant le plus possible de ce que ce sera en studio.

Sharpay approuve d'un vigoureux signe de tête. Elle est tout à fait partante pour s'exercer devant un public… et une caméra. Elle se place devant le four à micro-ondes et agite la main.

— Malheureusement, Jason et moi ne pouvons pas rester, déclare Chad. Nous avons promis à notre entraîneur d'aider à faire le ménage du dépôt de matériel de sport.

— Ouais, mais nous serons de retour à temps pour goûter au gâteau quand il sera fini, dit Jason à Zeke. Trop hâte !

— Bien sûr, répond Zeke qui a déjà la tête ailleurs.

Il ouvre son petit carnet blanc et relit la recette une fois de plus. Puis, il prend une grande respiration et regarde Kelsi en disant :

— O. K. C'est parti !

Il lui fait signe d'actionner le chronomètre. Il plonge aussitôt une tasse graduée dans le sac de farine et verse la farine dans le tamis.

— Sharpay, tamise la farine dans ce bol. Puis ajoute la levure chimique, ordonne-t-il en lui tendant un gros bol. Ensuite, tu battras le beurre en crème à l'aide du mélangeur et tu y ajouteras 250 ml de sucre.

Il frappe ses mains ensemble et s'en va râper le chocolat mi-amer.

— Tu sais, lui dit Kelsi depuis son tabouret, j'ai lu hier soir que si on ajoute une pincée de poudre de chili à un gâteau au chocolat, ça lui donne une touche spéciale. Nous pourrions peut-être essayer ?

Zeke hausse un sourcil.

— Hum... fait-il en attrapant les œufs. Peut-être.

Kelsi se renfrogne. Elle ne se sent pas très sûre d'elle dans une cuisine. S'il s'agissait d'un concours de musique, elle serait bien plus confiante. Elle cherchait simplement une façon de faire en sorte que les Wildcats se démarquent lors de cette compétition; elle aussi ressent la rivalité qui les oppose à West High et a envie de gagner. Mais devant ce rejet de Zeke, elle se réinstalle sur son tabouret et se contente d'observer la répétition.

Toujours debout en plein centre de la cuisine, tout en représentation, Sharpay s'affaire à sourire à la caméra improvisée. Elle n'a pratiquement pas tamisé la farine et ne s'est même pas approchée du mélangeur.

— Sharpay ! crie Zeke. Tu n'as pas encore mis le mélangeur en marche !

Sharpay sourit d'un air penaud à Zeke et court vers l'appareil sans toutefois tourner le dos à la « caméra ».

— Oh ! Eh bien… euh… je… bégaie-t-elle.

Elle tripote l'appareil en tous sens. Comment diable met-on ce truc en marche ? se demande-t-elle.

— Je m'en occupe, marmonne Zeke en s'approchant d'elle et en appuyant sur le bouton situé sur le côté de l'appareil. Contente-toi de mettre le sucre là-dedans et de me le donner quand le mélange sera onctueux.

Ryan lève les yeux et donne un léger coup de coude à Kelsi.

— Ça n'augure rien de bon, lui murmure-t-il à l'oreille.

— Tu parles, lui répond Kelsi sur le même ton.

Un sourire figé sur son visage, Sharpay tend le bol à mélanger à Zeke. Elle est plutôt contente d'elle. Qu'y a-t-il de si compliqué dans la pâtisserie? Elle replace ses cheveux et attend les prochaines instructions comme toute bonne actrice attend les directions scéniques de son metteur en scène.

— Voici, chef, dit-elle gentiment.

Quand Zeke baisse les yeux sur le bol, il remarque que quelque chose ne va pas. Le mélange n'a pas la couleur et la consistance habituelles. Il trempe une cuillère dans le mélange et y goûte. Il fait aussitôt une affreuse grimace et s'écrie :

— SHARPAY! J'ai dit 250 ml de *sucre*, pas de sel! Es-tu seulement capable de différencier l'un de l'autre?

Horrifiée, Sharpay s'empresse de récupérer le sac dans lequel elle a plongé la tasse graduée. Un autre sac se trouve juste à côté. Les deux sacs sont blancs et tous deux contiennent une substance poudreuse blanche. Il s'agit d'une erreur toute bête, non? songe-t-elle. Mais elle n'a jamais entendu Zeke aussi en colère. Elle lève les deux mains en l'air en tentant de se faire pardonner.

— Oups... fait-elle.

Zeke arpente la pièce sans dire un mot. Il serre les poings de rage. Finalement, il prend une grande respiration, s'approche de Troy et l'agrippe par le bras. Puis, il l'entraîne avec lui dans le corridor.

— Il faut que tu m'aides ! supplie-t-il. Sharpay est en train de me rendre fou ! Toute la journée, elle m'a montré différents tabliers et diverses tenues. Elle va nous faire louper ce concours avant même qu'il ait commencé !

— Que puis-je faire pour t'aider ? demande Troy en tâchant d'être un bon ami.

— Je t'en prie, accepte de devenir mon second sous-chef, le supplie-t-il encore. Tout ce que tu dois faire, c'est tenir Sharpay occupée… et loin des aliments. Je me charge du reste.

Troy prend un air sceptique. Contrôler Sharpay n'est pas une mince affaire, mais il sait à quel point ce concours est important pour Zeke. Il doit absolument l'aider.

— Tu peux compter sur moi, mon vieux, déclare Troy.

Aussitôt arrivé à la table, Troy s'empare du bol à mélanger et le tend à Sharpay.

— Pourquoi n'irais-tu pas laver ça là-bas ? lui dit-il en la dirigeant vers l'évier à l'autre bout de la longue table. Je vais t'aider.

Sharpay glousse. Manifestement, Troy s'est senti délaissé. Elle doit admettre qu'elle n'avait pas prévu que son idée de se faire nommer sous-chef de Zeke, en plus d'être un bon plan, allait lui permettre de s'attirer l'attention de Troy. Quelle délicieuse surprise !

— Troy sera mon second sous-chef, annonce Zeke avant de se tourner vers Kelsi. Retire environ trois minutes au temps final afin de compenser ce… contre-temps. O. K.?

Kelsi hoche la tête et Zeke se remet au travail, séparant les jaunes d'œufs des blancs.

Trouver de quoi occuper Sharpay pendant que Zeke fait le gâteau n'est pas de tout repos, mais Troy tient parole et parvient à la tenir à l'écart. Sharpay semble tellement occupée à se faire admirer et à jouer la vedette de la cuisine qu'elle ne semble même pas remarquer ses efforts.

Un peu plus tard, Gabriella et Taylor entrent dans le local de Mme Davis. Une délicieuse odeur de gâteau au chocolat toute tiède flotte dans l'air.

— Ça sent vraiment bon ici, dit Taylor.

— Le gâteau est presque terminé… leur dit Kelsi en consultant son chronomètre. Et il reste encore beaucoup de temps. Zeke a été formidable.

Impossible de ne pas remarquer mademoiselle Sharpay avec son tablier en strass et son gloussement ridicule. Gabriella la regarde essuyer un lot de bols à mélanger avec Troy à ses côtés. Sharpay ne cesse de toucher le bras de Troy et de secouer sa chevelure comme si elle faisait la publicité d'un shampoing.

— À quoi ça rime, tout ça? chuchote Gabriella à l'oreille de Kelsi en faisant un signe de tête dans leur direction.

Kelsi soupire.

— Je crois que c'est la façon que Troy a trouvée pour aider Zeke. Il veille à garder la jolie sous-chef loin des aliments !

C'est à ce moment que la sonnerie de la minuterie du four retentit et que Zeke se précipite pour chercher le gâteau. Il enfile de grosses moufles isolantes et le sort du four.

— Oh non ! s'écrie-t-il en l'apercevant.

Zeke a dans les mains la galette la plus plate qu'il ait jamais vue. Cela ne ressemble en rien au gâteau de grand-maman Emma.

— C'est une crêpe au chocolat ? demande Sharpay. Oh ! c'est tellement français !

— Non ! crie Zeke. C'est tellement raté.

— Hé ! Où est la mégafête du gâteau ? crie Chad.

Jason et lui entrent dans le local d'économie familiale en dansant. Après avoir entièrement nettoyé le dépôt de matériel de sport, ils se sentent d'attaque pour une collation superénergisante.

— Passez-moi un bout de cette merveille au chocolat ! chante Jason à tue-tête.

Mais il devient subitement très silencieux quand il aperçoit les têtes d'enterrement de ses amis. Ce n'est pas la scène à laquelle il s'attendait.

— Hem... que se passe-t-il ? demande Chad en se tournant vers Troy.

En entrant dans le local, il s'attendait à trouver une joyeuse bande de mangeurs de gâteau, pas un groupe de jeunes à l'air abattu et silencieux. Il jette un coup d'œil à la ronde. Personne n'a d'assiette ni de fourchette à la main.

— Où est le gâteau ?

Troy fait un signe pour désigner le moule qui refroidit sur la table devant Zeke.

— Le gâteau est un peu plat… commence-t-il à expliquer.

— Pas grave, l'interrompt gaiement Jason en s'approchant pour mieux voir. Goûtons-y.

Il attrape une fourchette sur la table et tend le bras pour en piquer une bouchée. Peu importe l'allure du gâteau, Jason veut y goûter.

— Oh non ! s'empresse de dire Troy en arrêtant le geste de Jason. Tu ne peux pas y goûter maintenant. Nous devons encore le glacer et le décorer. Je suis le nouveau sous-chef ici, déclare-t-il en se frappant la poitrine avec fierté, et je te confirme que le gâteau n'est pas encore prêt.

— C'est bon, répond Jason en reculant.

Il lève les mains en l'air comme s'il se rendait. Puis,

il sourit et s'incline en faisant un large mouvement du bras pour indiquer à Troy qu'il lui laisse la place.

— Eh bien, dans ce cas, nous vous regardons travailler.

Il s'éloigne de la table et va s'asseoir sur un tabouret pour les observer. Troy est l'un des plus grands joueurs de basket-ball d'East High, il n'est donc pas particulièrement reconnu pour ses talents en cuisine. Jason ne demande pas mieux que de voir Troy s'y essayer, surtout si cela signifie qu'il aura bientôt une part de gâteau au chocolat !

De l'autre côté de la table, Zeke secoue la tête en fixant le gâteau tout plat.

— Je ne comprends tout simplement pas, marmonne-t-il avant de relire sa recette très attentivement. Nous avons suivi toutes les étapes à la lettre.

Il examine les ingrédients sur la table. Puis, il s'immobilise. Il y a une partie de la recette qu'il n'a pas supervisée… Une seule, mais il s'agit d'une partie très importante.

— Un instant, dit-il en réfléchissant à voix haute. Sharpay, as-tu ajouté la levure chimique à la farine que tu as tamisée ?

— Hein ? demande Sharpay.

Elle est à l'autre bout du local, occupée à enlever la farine de son tablier. La farine ternit l'éclat du strass, et Sharpay tient à lui redonner tout son lustre afin de maintenir un maximum de scintillement. Elle réfléchit aussi très fort à une solution pour samedi… car elle ne voudrait pas perdre tout son éclat devant les caméras !

— Qu'est-ce que tu dis, Zeke ? demande-t-elle gentiment.

— As-tu ajouté la levure chimique au mélange ? répète Zeke en essayant de ne pas hausser la voix.

Il serre les poings et prend une grande respiration.

Sharpay traverse le local et vient se planter à côté de Zeke.

— La levure quoi ? dit-elle en faisant la moue et en écarquillant les yeux.

— La levure chimique ! crie Zeke en explosant de colère.

Il brandit le contenant et l'agite devant elle.

— Comment as-tu pu oublier ça ? Tu devais ajouter 5 ml de levure chimique à la farine tamisée !

Dans un geste de désespoir, il plonge son visage dans ses mains, ce qui a pour effet de laisser des marques de farine sur son front.

— Pas étonnant que le gâteau soit plat, grommelle-t-il.

Comment peut-il espérer impressionner Brett Lawrence s'il ne peut même pas faire cuire son gâteau correctement? Tout à coup, ce concours prend un tout autre aspect : ce qui se présentait comme un rêve merveilleux ressemble maintenant à un affreux cauchemar !

Sharpay reste immobile, trop stupéfaite pour parler. Zeke ne lui a jamais parlé sur ce ton. Elle pense avoir été un sous-chef formidable. Après tout, elle a un sourire séduisant et un tablier éblouissant.

Mal à l'aise d'avoir crié, Zeke regarde longuement Sharpay. Elle est tellement mignonne avec son tablier aux couleurs de l'école. Il secoue la tête et se dit que tout ça, c'est de sa faute. Les sous-chefs ne font qu'obéir aux ordres du grand chef, raisonne Zeke. Peut-être qu'il n'a pas été assez clair, tout simplement.

— Je suis désolé, Sharpay, dit Zeke doucement.

— La chimie, lance Taylor depuis l'autre bout du local.

Elle descend de son tabouret et se dirige vers Zeke à la manière d'un détective qui réfléchit à une affaire complexe. Elle adore constater à quel point la science est présente dans la vie quotidienne. Et, plus encore, elle adore relever des faits intéressants et les expliquer aux autres.

— Vous voyez, nous avons sous les yeux un bon exemple de la science en pleine action. La levure chimique est essentielle pour faire lever le gâteau. En fait, quand on y pense, il est même incroyable qu'une aussi petite quantité suffise à cette fonction.

Elle s'arrête un instant et s'empare du carnet de recettes de Zeke. Elle fixe la recette pendant un moment, en tapotant son menton avec son doigt.

— Hum... il y a peut-être un autre petit problème, ici...

Mais Taylor n'a pas le temps de poursuivre car Mme Davis ouvre la porte et entre dans le local.

— Bonjour! clame-t-elle joyeusement en reniflant l'air. Ça sent bon ici.

Elle sourit à Zeke.

— Comment ça se passe, chef?

— Pas très bien, marmonne Zeke en montrant son gâteau. Nous avons oublié d'ajouter la levure chimique... alors, il est un peu plat.

À présent, il est encore plus fâché contre lui-même parce qu'il n'a pas vérifié si l'ingrédient le plus important avait bel et bien été ajouté au mélange. Après tout, c'est lui le chef. C'est donc lui qui est responsable de tout ce qui se passe dans la cuisine. C'est une chose qu'il a entendue plusieurs fois à la fin de l'émission *À vos fourneaux*, au moment de la critique. Brett doit souvent réprimander le chef pour ne pas avoir dirigé son équipe avec plus de soin.

— Ah ! je vois, dit lentement Mme Davis.

Elle approuve d'un hochement de tête tout en examinant le gâteau.

— Eh bien, c'est exactement à ça que sert une répétition. Il vaut mieux que ce genre d'incident se produise aujourd'hui que demain, durant le concours. Maintenant, vous avez le temps de comprendre ce qui s'est passé et de faire les ajustements nécessaires.

Ryan bondit de son siège et pose sa main sur le bras de Zeke.

— Tu sais, Mme Darbus dit toujours qu'une répétition difficile est le signe d'un excellent spectacle !

— Et elle a raison, fait remarquer Mme Davis en adressant un sourire plein d'encouragement à Zeke. Ne t'inquiète pas. Et maintenant, pourquoi ne pas utiliser le temps qu'il vous reste pour perfectionner la décoration ? Vous n'avez plus qu'une vingtaine de minutes dans le local. Quand les concierges arriveront, vous devrez partir.

Elle se dirige vers la porte.

— Bonne chance ! Je vous vois demain au studio !

Après le départ de Mme Davis, Troy remarque que Zeke est incapable de penser à autre chose qu'à son gâteau-galette. En tant que second assistant, Troy sent qu'il doit l'aider. Le problème cependant, c'est qu'il ne sait pas trop ce qu'il peut faire.

Tout à coup, la sonnerie du téléphone cellulaire de Sharpay retentit. Elle l'ouvre et répond.

— Allôôôôô ! dit-elle.

Aussitôt, elle esquisse une grimace comme si elle venait de mordre dans un citron.

— Hum… Oui, dit-elle les dents serrées. Eh bien, nous verrons cela, grogne-t-elle.

Elle regarde Ryan et articule en silence les mots « Hilary Lloyd ». Elle arpente le local en écoutant attentivement, puis elle dit :

— O. K. Bon, eh bien, à demain alors.

— Est-ce qu'elle t'a dit ce que West High préparait ? demande Jason à Sharpay une fois qu'elle a refermé son appareil.

— Ça n'a pas vraiment d'importance, grogne Zeke dans son coin. Si nous n'arrivons même pas à faire lever ce gâteau, c'est perdu d'avance pour nous. Et en plus, ce glaçage n'est pas comme il devrait être.

Il soulève une cuillère pour le montrer à tout le monde.

— Il est censé être onctueux, et pas grumeleux avec de petits grains de sucre croquants dedans.

Taylor s'avance pour inspecter le glaçage.

— Ouah ! fait-elle. Tu vois, je crois que...

— Allô ? crie Sharpay en coupant Taylor. Personne ici ne veut savoir ce qu'Hilary avait à me dire ? Je crois que je détiens une information importante !

Tout le monde se tourne vers Sharpay. Elle savoure le moment, contente d'avoir tous les regards braqués sur elle.

— Eh bien, déclare-t-elle, 10 personnes de West High seront sur le plateau demain. Hilary ne m'a pas dit ce qu'ils préparaient, mais elle a insisté sur le fait que leur pièce comptait environ dix étages.

— Dix étages ! s'écrie Jason. Ça semble difficile à battre.

— Jason ! réplique Gabriella en lui donnant une petite tape. Plus, ce n'est pas toujours forcément mieux.

— Ouais, mais la hauteur, c'est bien, dit Chad, convaincu que personne n'a véritablement prêté attention à son idée d'un gâteau plus haut.

— Vous vous souvenez de cette émission tournée au Texas que nous avons visionnée chez Zeke l'autre soir ? demande Kelsi.

— Ouais, répond Ryan. Brett insistait beaucoup sur le montage du dessert.

— Vous voyez ? renchérit Chad. Le type, il aime les trucs qui en mettent plein la vue.

— Mais il ne faut pas oublier le goût non plus, intervient Gabriella. Brett répète aussi : « Belle apparence, bon goût. »

Troy sourit en entendant chacun citer Brett Lawrence. Il y a quelques jours à peine, la plupart d'entre eux ignoraient qui il était, et encore plus quels étaient ses critères pour qualifier un bon dessert. Troy voit Zeke s'affaisser sur son tabouret. Il doit être vraiment découragé à cause du gâteau, se dit Troy.

— Nous devrions peut-être nous attaquer à la décoration maintenant, histoire de voir si le « Wildcat » ressort bien, suggère-t-il.

— Super ! s'écrie Jason. Je me disais justement que nous devrions essayer ces petits bonbons rouges.

Il brandit une boîte de bonbons à la cannelle pour les montrer à Zeke. Il sourit, convaincu que Zeke va adorer son idée.

— Pourquoi ne couperions-nous pas le gâteau en deux pour faire au moins deux niveaux ? propose Chad. Ou, mieux encore, quatre niveaux !

— Pour ma part, je crois vraiment que nous avons besoin de…

Mais Zeke sort de ses gonds avant que Taylor n'ait la chance d'exprimer son idée.

— Arrêtez ! crie-t-il à pleins poumons.

Son visage est de plus en plus rouge, même si le four n'est pas allumé ! Il n'est plus capable de supporter tous ces gens dans sa cuisine. Si c'est lui qu'on a nommé responsable du gâteau des Wildcats, alors il fera les choses à sa manière.

— Ça suffit ! beugle-t-il. J'en ai assez !

Tout le monde se tourne vers lui pour le dévisager.

— Demain, déclare-t-il, je cuisine seul !

Gabriella frissonne et remonte la fermeture à glissière de sa veste rouge des Wildcats.

— Il fait tellement froid ici, dit-elle à Taylor assise à côté d'elle dans les gradins qui surplombent la cuisine de *À vos fourneaux*.

Dans le studio, deux cuisines complètement équipées sont installées côte à côte avec, entre elles, la longue table blanche des juges. Le studio de télévision est aussi froid que l'intérieur d'un congélateur et Gabriella doit plonger ses mains dans ses poches pour les garder au chaud.

— Je sais, dit Taylor. Je claque des dents !

Kelsi se retourne. Elle est assise dans la rangée devant Gabriella et Taylor.

— J'ai lu dans un magazine que Brett Lawrence aime que ce soit ainsi. En fait, c'est lui qui demande que le studio de *À vos fourneaux* soit aussi froid.

Elle sourit et ajoute :

— Il est peut-être un grand chef, mais, assurément, il fait des caprices de star !

— Parlant de star, marmonne Taylor.

Elle hoche la tête en direction de la cuisine où Zeke est occupé à placer ses ingrédients en ordre.

— J'aurais aimé qu'il nous parle, ce matin ou hier soir. Nous aurions pu l'aider. L'émission va être difficile à regarder.

Gabriella approuve d'un hochement de tête. Taylor et elle ont fait des recherches la veille et ont trouvé quelques idées que Zeke pourrait utiliser pour sa recette de gâteau au chocolat. Elles lui ont laissé des messages sur son téléphone cellulaire et ont essayé d'attirer son attention à leur arrivée en studio, mais Zeke a refusé de discuter de son plan.

— Allez, les Knights ! clame à travers le studio une foule nombreuse de partisans de cette équipe.

Sur le plateau, 10 élèves de West High courent en file vers leur cuisine. Chacun d'eux porte une toque de chef ornée du logo des Knights, ainsi qu'un tee-shirt assorti. Eli Maxwell, le chef, mène son équipe à travers toute la cuisine pendant que celle-ci le suit en poussant des cris de joie.

— Non mais, regarde Hilary, grommelle Sharpay à Ryan en observant la scène depuis son siège.

Elle est folle de rage parce qu'Hilary va être devant les caméras pendant l'émission alors qu'elle sera assise dans le public. Ma place est sur le plateau, songe Sharpay avec amertume. Cette émission était censée être la chance de ma vie !

— Hé ! les Wildcats ! crie Troy.

Il gravit les gradins et vient s'asseoir à côté de Gabriella. Jason et Chad sont juste derrière lui.

— Quelqu'un a parlé à Zeke, aujourd'hui ? demande Troy.

— Non, répond Gabriella. Et pourtant, Taylor et moi détenons certains renseignements qui pourraient vraiment l'aider.

Troy secoue la tête. Il sait que Zeke est déterminé à se présenter seul à ce concours, mais il sait aussi que le travail d'équipe est la clé pour le remporter.

— Nous avons essayé encore ce matin, rapporte Chad, mais il ne veut rien savoir de nous.

— C'est clair qu'il est très contrarié, ajoute Jason. Je ne l'ai pas vu aussi en colère depuis le match contre West High, l'an dernier, alors qu'il avait raté ses deux lancers francs.

— Nous devrions peut-être réessayer... tout de suite, avant que l'enregistrement commence, suggère Troy.

Il regarde Zeke qui fait les cent pas dans la cuisine.

— C'est exactement ce que je pensais ! s'exclame Gabriella.

Elle adore constater que Troy et elle sont sur la même longueur d'onde. Elle lui sourit et tend le bras pour prendre sa main.

— Descendons sur le plateau et essayons de faire entendre raison à Zeke.

— Mesdames et messieurs, le concours commence dans 30 secondes ! clame une voix dans un micro.

L'éclairage dans la salle diminue et de gros projecteurs viennent illuminer les cuisines sur le plateau.

— Je crois que nous venons de rater notre chance, soupire Troy en se rassoyant.

Gabriella a une mine inquiète.

— Pauvre Zeke, murmure-t-elle. Il est tout seul.

Quelques rangées plus bas, Sharpay mord son doigt pour ne pas crier. Elle est passée si près de se retrouver devant ces caméras de télévision, et maintenant, elle en est si loin. C'est presque trop difficile pour elle de rester là, assise, sans bouger.

— Bienvenue à *À vos fourneaux* ! Aujourd'hui, nous sommes à Albuquerque, au Nouveau-Mexique, pour une émission spéciale dans le cadre de notre semaine de la fierté scolaire ! Les deux équipes qui s'affrontent aujourd'hui sont les Wildcats d'East High et les Knights de West High, claironne l'annonceur.

Le public applaudit à tout rompre.

Gabriella voit bien que Troy est inquiet. Il n'est pas au centre du terrain avec Zeke comme lors d'un match de basket. Elle devine qu'il se sent mal de voir Zeke se débrouiller tout seul. Elle lui prend la main.

— Peut-être que les choses vont aller mieux que nous le pensons, dit-elle gaiement.

Troy hausse les sourcils et affiche un air sceptique, mais il serre néanmoins la main de Gabriella. Elle a peut-être raison, songe-t-il. Après tout, ce ne sera peut-être pas un fiasco total.

L'annonceur présente maintenant les juges de l'émission pendant qu'un projecteur se braque sur la longue table blanche.

— Nous sommes très heureux de compter parmi nous Liz Warren, la critique gastronomique la plus respectée d'Albuquerque. Accueillons-la chaleureusement, s'il vous plaît !

Une femme aux longs cheveux roux se lève et salue la foule de la main.

— Elle peut être très dure, murmure Kelsi en se penchant vers Gabriella, assise derrière elle. Je me souviens de sa critique d'un nouveau restaurant de fruits de mer dans laquelle elle affirmait que la cuisine ne pouvait produire rien qui soit plus savoureux que des bâtonnets de poisson surgelés. Et aussi de sa critique d'un restaurant français qu'elle accusait de ne même pas être capable de faire du pain perdu. Elle est rude.

— Pauvre Zeke ! répète Gabriella, stressée pour son ami.

— Nous sommes aussi très chanceux d'avoir avec nous le fameux chef Jacques Milleux, poursuit l'annonceur. Il a fait sa formation en France et a vécu un peu partout à travers le monde. Il est le propriétaire du restaurant *La Mer*, ici à Albuquerque, et il est considéré comme l'un des meilleurs chefs du monde.

Le public l'acclame, puis se rassoit en attendant le début de l'émission. Brett Lawrence se lève et prend le micro des mains de l'annonceur. Il souhaite la bienvenue à chacun, puis il désigne le gros cadran qui se trouve derrière lui.

— Voici le cadran officiel. Les gâteaux des concurrents doivent être terminés avant que le temps soit écoulé, explique-t-il au public. Officiellement donc, *À vos fourneaux* commence… *maintenant !*

Eli et ses Knights de West High se mettent au travail. Même s'ils sont un peu coincés dans l'espace qu'ils ont, ils semblent à l'aise et travaillent tous ensemble, comme une machine bien huilée.

Jetant un coup d'œil du côté de la cuisine bondée des Knights, Zeke souhaiterait voir ses amis près de lui plutôt que dans les gradins, cachés par la lumière vive des projecteurs. Il se retourne et aperçoit Brett qui a les yeux posés sur lui. Il se met aussitôt au travail. Zeke a peut-être été paralysé la première fois qu'il a rencontré son idole, mais à présent, il ne l'est plus. Ce concours est la chance de sa vie, et il n'est pas question qu'il la rate. Et cette fois, il n'oubliera pas un seul ingrédient.

— Regardez-le aller, commente Chad en observant Zeke.

Il est impressionné par la vitesse à laquelle Zeke se déplace sur le plateau.

— Une chose est sûre, ce gars-là est déterminé à gagner.

Dans la première rangée, Sharpay se tourne vers Ryan.

— Je ne peux pas rester assise ici à ne rien faire ! s'écrie-t-elle. Regarde comme Hilary se démène pour sourire à la caméra. Je te le dis : c'est moi qui devrais être là !

Ryan tapote le genou de sa sœur.

— On se calme, chef, on se calme, dit-il. Sois patiente. Si Zeke gagne, alors tous les Wildcats passeront à l'écran.

Ah oui, une image de tous les partisans du chef gagnant, songe Sharpay. Subitement, elle guette le cadran avec un enthousiasme renouvelé, attendant que Zeke termine et soit couronné vainqueur… enfin, c'est ce qu'elle espère.

Le minutage de Zeke est exactement comme il l'a prévu. Il jette un coup d'œil du côté de la cuisine de West High qui grouille de monde et où il y a autant d'activité que dans une ruche. N'ayant pas toutes ces personnes autour de lui comme Eli, Zeke est plus efficace. Il est déjà prêt à mettre son gâteau au four. Les Knights ne semblent pas être près de faire cuire le leur. Zeke est ravi. Cela signifie qu'il a plus de temps pour se concentrer sur le glaçage et la décoration.

Quand la sonnerie du four retentit, Zeke va ouvrir la porte en retenant son souffle. Il espère que le gâteau n'est pas retombé. Il le sort délicatement du four et le fait glisser sur la grille pour qu'il refroidisse. Quand il baisse enfin les yeux sur son gâteau, il laisse échapper un énorme soupir de soulagement. Le gâteau est moins haut qu'il l'aurait souhaité, mais il est bien mieux que celui d'hier. Un rugissement lui parvient de la foule : un rugissement des Wildcats. Zeke est emballé de constater que ses amis sont tous là et qu'ils continuent à l'encourager. Il trouve qu'il a été vraiment injuste avec eux. Cela fait du bien de savoir qu'ils sont tous derrière lui en ce moment.

Il lance un regard furtif vers la cuisine de West High et les voit se chamailler à propos des moules à utiliser pour faire cuire le mélange. Puis, il prend son glaçage, qui est encore un peu grumeleux, et commence à monter son gâteau.

Pendant que Zeke dispose les étages du gâteau, Taylor se penche vers Gabriella.

— Je ne peux pas regarder, lui chuchote-t-elle à l'oreille. Étant donné ce que nous avons découvert hier soir, ça risque d'aller mal.

— Je sais, dit Gabriella, mais essayons d'être positives. Le gâteau a très fière allure.

Quand Zeke a terminé, son gâteau compte six niveaux. Il est magnifique. Il n'a pas la forme du logo des Wildcats, mais le dessus du gâteau affiche fièrement les couleurs de l'école. Et Zeke a encore plein de temps devant lui ! Personne n'arrive à le croire.

Selon les règles du concours, une fois terminés, les gâteaux doivent être présentés à la table des juges. Zeke fait donc glisser avec grand soin le plateau sur lequel son chef-d'œuvre repose en bas de son plan de travail, puis il se dirige vers la table. Il marche lentement, gardant le gâteau bien stable dans ses mains.

Kelsi se retourne pour consulter Taylor et Gabriella.

— Qu'en pensez-vous ? murmure-t-elle. Le gâteau est peut-être à la hauteur, après tout ?

Gabriella et Taylor échangent un regard inquiet. Elles ont raconté à Kelsi ce qu'elles ont découvert la veille. Elles espèrent seulement que Kelsi a raison, mais…

— Oh non ! s'écrie Taylor au même moment en laissant échapper un petit cri étouffé.

La bouche de Gabriella forme un grand « O » horrifié.

Kelsi se retourne juste à temps pour voir le gâteau commencer à pencher dans les mains de Zeke. Puis, exactement comme Taylor le redoutait, un côté du gâteau se met à s'affaisser. Les six étages soigneusement décorés se mêlent en un mélange gluant de chocolat et de glaçage rouge et blanc. Le gâteau glisse du plateau et tombe par terre… en plein devant la table des juges.

Un lourd silence s'abat sur le studio. Les élèves d'East High regardent la scène, pétrifiés, alors que ceux de West High hésitent entre la surprise et le triomphe. Même s'ils se sentent mal pour leurs adversaires, les Knights ne peuvent s'empêcher de penser que cet incident leur garantit la victoire.

Gabriella a envie de rentrer sous terre et Taylor plonge sa tête dans ses mains. C'est encore pire que tout ce qu'elles avaient imaginé. Elles rêveraient de pouvoir aider Zeke, mais elles ne savent tout simplement pas comment.

Zeke est pétrifié. Il n'a pas envie de lever les yeux et de voir la tête que fait Brett… ni celle d'aucun juge, d'ailleurs. Comment peut-il leur présenter son gâteau tout en hauteur alors qu'il n'est plus maintenant qu'un affreux amas ? Non seulement il a gâché son rêve de cuisiner pour son idole, mais il s'est aussi couvert de ridicule. Sans compter qu'il a laissé tomber tous les Wildcats qui croyaient en lui.

— Il reste encore du temps, n'abandonne pas ! lance une voix.

Ces paroles sonnent comme de la musique aux oreilles de Zeke. Il lève les yeux et aperçoit Sharpay, debout devant son siège de la première rangée, qui l'encourage. Elle porte un chandail des Wildcats. Il n'y a aucun strass sur ce vêtement, mais son sourire est aussi éblouissant qu'à l'habitude. Zeke sent un élan de confiance toute neuve l'envahir.

— Tu peux le faire, Zeke ! crie-t-elle encore.

De voir le gâteau de Zeke s'affaisser sur le sol a remué quelque chose en Sharpay. C'est à ce moment-là qu'elle a pris conscience que ce qu'elle désirait véritablement, plus encore que de passer à la télévision, c'était de voir Zeke réussir. Elle désigne le gros cadran au-dessus de sa tête et crie :

— Recommence !

Zeke se tourne pour regarder le cadran. Par un miracle quelconque, il a encore assez de temps devant lui pour confectionner un autre gâteau et le faire cuire. Il jette un coup d'œil du côté des juges qui approuvent tous d'un hochement de tête.

Tous les Wildcats se ruent en bas des gradins pour rejoindre Sharpay et Ryan dans la première rangée. Ils se mettent à scander : « Recommence ! Recommence ! »

— Tu as le temps, dit Brett à Zeke.

Zeke sent la main de l'animateur dans son dos. Celui-ci s'est levé et se tient maintenant à côté de lui, faisant attention à ne pas mettre les pieds dans le dégât de chocolat.

— Écoute un peu tes admirateurs, là-bas, poursuit Brett en montrant d'un geste le groupe d'amis de Zeke qui l'acclame joyeusement. Tu as le temps. Fais tout ce que tu peux.

Il désigne le plancher et ajoute :

— On s'occupe de nettoyer ça.

Zeke réfléchit au conseil de Brett et se précipite vers ses amis. Mais il s'arrête net avant d'atteindre la première rangée. À vrai dire, il ne sait même pas par où commencer pour s'excuser. Il n'aurait jamais dû crier à tue-tête devant eux ni décider de relever ce défi tout seul.

— Je suis vraiment désolé d'avoir perdu patience, laisse-t-il échapper avant que quiconque n'ait pu placer un mot.

Il baisse la tête et fixe ses chaussures de sport couvertes de chocolat.

— J'aurais vraiment besoin de votre aide, ajoute-t-il.

Quand il relève la tête, Zeke ne voit qu'un groupe de visages souriants. Il doit se ressaisir. Et avec l'aide de ses amis, il se sent capable de le faire.

— Tiens, dit Taylor en s'avançant.

Elle lui met un morceau de papier dans la main et explique :

— Gabriella et moi, nous avons fait quelques recherches hier soir. Ce gâteau, tu ne l'as fait que lorsque tu étais chez ta grand-mère, à Atlanta, pas vrai ?

— Ouais, répond Zeke en se demandant pourquoi Taylor lui pose cette question en ce moment précis.

Taylor lui fait un grand sourire.

— As-tu songé un instant que le Nouveau-Mexique se trouve à une plus haute altitude que la Georgie ?

Zeke est complètement perdu à présent. De quoi Taylor parle-t-elle ?

— Nous avons adapté la recette en fonction de l'altitude plus élevée ici, au Nouveau-Mexique, explique Gabriella.

Taylor poursuit :

— Il y a une corrélation directe entre l'altitude et la pression de l'air. C'est ce qui fait que les ingrédients interagissent différemment et qu'il faille ajuster la température et le temps de cuisson d'une recette selon l'endroit où on l'exécute.

Elle prend une grande respiration et continue.

— Par conséquent, nous avons rééquilibré ta recette afin de l'optimiser en fonction de nos conditions atmosphériques.

Jason affiche une mine perplexe.

— Qu'est-ce qu'elle raconte ?

Gabriella s'avance à son tour.

— Nous avons modifié certaines quantités dans la recette et calculé la bonne température et la bonne durée de cuisson.

— C'est pour ça que le gâteau n'a pas gonflé et que le glaçage n'était pas comme il aurait dû être ! s'écrie Taylor, se réjouissant une fois de plus du rôle important que joue la science dans la vie quotidienne.

— Tu vois, ce n'était pas *que* de ma faute ! clame à son tour Sharpay en tapant des mains.

Elle sautille sur place et donne une poussée amicale à Ryan en ajoutant :

— Je te l'avais bien dit que je n'étais pas la pire des assistantes.

— Je n'irais pas jusque-là, reprend Taylor en roulant de gros yeux. Mais, assurément, la différence d'altitude a un impact sur la cuisson, surtout quand il s'agit de cuire un gâteau et de préparer un glaçage. La bonne nouvelle, c'est que Zeke a encore le temps de confectionner un autre gâteau… et avec notre nouvelle recette adaptée, il devrait être parfait !

Chad observe l'équipe de West High qui met son gâteau au four. Il pousse Zeke vers le plateau.

— Tu as intérêt à retourner au plus vite dans ta cuisine, lâche-t-il. Va faire un gâteau !

Zeke serre Taylor et Gabriella dans ses bras, et leur dit :

— Vous êtes des génies, toutes les deux !

Taylor et Gabriella rougissent.

— Merci, disent-elles en cœur.

— Bon, où sont mes assistants à présent ? demande Zeke en retournant à la course dans la cuisine. Allez, nous avons un gâteau à préparer !

Bouche bée, Sharpay plaque ses mains sur son visage.

— C'est vrai ? s'écrie-t-elle. Tu veux bien que je t'aide ?

— Viens, Sharpay, lance Troy en attrapant sa main et en l'entraînant sur le plateau. Zeke a besoin de nous et il n'y a pas une minute à perdre.

Tous les trois se mettent au travail. Cette fois, Sharpay écoute attentivement toutes les instructions de Zeke. Elle sait que les caméras sont braquées sur elle, mais elle continue à mélanger et à brasser comme on le lui a demandé, pendant que Zeke prépare son deuxième gâteau de la journée.

Brett prend son micro et se met à décrire ce qui se passe sur le plateau. Zeke n'accorde aucune attention à ce qu'il raconte. En ce moment, la seule chose à laquelle il pense, c'est à finir son gâteau à temps.

Pendant ce temps, les élèves de West High sont occupés à fabriquer les décorations pour leur gâteau. Ils semblent tous fâchés les uns contre les autres. De toute évidence, Hilary n'est plus aussi enjouée qu'elle l'était tout à l'heure. Quand ils commencent à monter les niveaux, leur gâteau se met à s'affaisser sur le côté. Si leur idée était d'imiter la tour de Pise, ils sont sur la bonne voie. Mais Zeke doute fort que ce soit leur intention.

— Tout ne semble pas se dérouler à la perfection du côté de West High non plus, murmure Troy à Zeke.

Il fait un signe de tête en direction de leurs adversaires, de l'autre côté du studio. Le visage d'Eli est rouge vif et il souffle comme un bœuf. Il ne cesse de tourner autour de leur gâteau, essayant de trouver le moyen de le redresser. Il se met à aboyer des ordres. L'instant d'après, tous les membres de l'équipe se crient par la tête.

— Quand tout le monde veut mettre son grain de sel… commente Troy.

— Peut-être, répond Zeke en donnant un rapide coup d'œil vers l'autre cuisine.

Il les voit garnir avec frénésie chacun des niveaux de glaçage, puis ajouter une portion de baies diverses censées décorer le dessus pour rehausser le côté qui s'affaisse.

— On dirait qu'ils ont un gros problème de structure, mais nous, nous risquons vraiment de manquer de temps. Nous allons devoir nous dépêcher quand le gâteau va sortir du four.

Troy dodeline de la tête en souriant.

— Autrement dit, il ne reste plus que quelques secondes au match et on doit compter un panier avant que la sonnerie ne retentisse… aucune faute ni erreur n'est permise.

Zeke adresse un grand sourire à son ami.

— Tu as tout compris ! s'écrie-t-il en tapant dans la main de son coéquipier.

Sur les côtés du plateau, les autres Wildcats chahutent bruyamment pour encourager les leurs. Ils sont maintenant tous debout devant les sièges de la première rangée. Tout le monde est bien trop excité pour rester sagement assis à observer la scène.

Avant de verser le mélange dans les moules, Zeke brandit un flacon de poudre de chili et cherche Kelsi des yeux dans la foule. Quand il croise son regard, il agite le flacon.

— Un peu d'épice pour mes amis, clame-t-il en saupoudrant le mélange de poudre de chili.

Kelsi rayonne de fierté. Elle est tellement contente d'avoir contribué à sa manière à la recette. Elle applaudit et acclame bien fort les chefs d'East High.

Pendant que le gâteau cuit, Zeke, Troy et Sharpay préparent le glaçage selon les nouvelles mesures calculées par Taylor et Gabriella. À sa grande surprise, Zeke remarque instantanément une différence dans la texture.

Troy sort une boîte de bonbons rouges de sa poche.

— Jason me les a donnés plus tôt, explique-t-il à Zeke en lui tendant la boîte. Il espérait qu'ils te soient utiles pour décorer le gâteau.

Prenant quelques bonbons dans sa main, Zeke scrute la foule pour y repérer Jason et Chad qui crient et qui l'acclament à pleins poumons. Il brandit la boîte en l'air et crie :

— Hé ! les Wildcats ! Faites-moi entendre votre rugissement !

Jason et Chad répondent par un cri bruyant et sourient. Ils ont compris le message : Zeke va utiliser les bonbons pour décorer le gâteau des Wildcats.

Quand la sonnerie du four retentit, Zeke ouvre la porte une nouvelle fois. Il ne se sent pas capable de regarder à l'intérieur, alors il tend les moufles isolantes à Troy et lui dit :

— C'est toi qui le sors du four.

— Il est parfait ! se réjouit Sharpay en jetant un coup d'œil par-dessus l'épaule de Troy.

Puis, elle s'empare des autres moules qui sont dans le four et les transporte jusqu'à la grille pour les faire refroidir. Les niveaux du gâteau ont bien levé et ils sentent terriblement bon !

Rapidement, les trois chefs rassemblent toutes leurs décorations et assemblent les niveaux du gâteau. Ils le décorent ensuite d'un gros logo des Wildcats. Au moment même où le public scande les dernières secondes qui s'écoulent, Zeke apporte le gâteau terminé à la table des juges. Et cette fois, le gâteau et le glaçage tiennent solidement ensemble.

Eli et son équipe font eux aussi glisser leur gâteau sur la table. Il s'agit d'un gâteau à 10 étages garni de crème à la vanille et au citron, et surmonté d'un mélange de petits fruits. Les Knights semblent plutôt fiers de leur création lorsqu'ils la contemplent en prenant du recul. Pour eux aussi, cependant, il était moins une.

Le gâteau des Wildcats n'est peut-être pas exactement celui que Zeke avait prévu au départ, mais il le regarde quand même avec satisfaction à présent. Le simple fait qu'il ait pu le finir grâce à l'aide de ses amis compte pour beaucoup. Il sourit à Troy et à Sharpay quand les juges proclament que le temps est écoulé et qu'ils se mettent à inspecter les deux gâteaux terminés qui trônent sur leur table.

Les Wildcats ont fait de leur mieux. Mais en voyant les juges saisir leur fourchette, Zeke ne peut s'empêcher de se demander si ce mieux sera suffisant.

Zeke se tient à côté de Troy et de Sharpay, face à l'équipe de West High. La nervosité est palpable. Chacun observe les juges goûter chaque gâteau, puis griffonner quelques notes dans leur calepin. Zeke a l'impression qu'il est sur le point d'exploser. C'est le moment qu'il attend depuis le début.

Debout côte à côte, se tenant par la main, Gabriella et Taylor attendent que les juges goûtent aux deux gâteaux.

— C'est le moment de l'émission qui est toujours si difficile à regarder, dit Gabriella. Quand les concurrents sont appelés à la table des juges et que ceux-ci relèvent chaque petit défaut qu'ils peuvent trouver et questionnent les chefs sur leurs décisions et leurs habiletés en cuisine.

— Ouais, dit Chad en se penchant. C'est déjà assez pénible d'être planté ici à attendre. J'aurais aimé qu'on nous fasse goûter à ce gâteau, moi !

De l'endroit où le garçon se trouve, le gâteau des Wildcats semble plutôt délicieux. Et après avoir respiré tous ces arômes de cuisson, Chad est affamé !

Gabriella se met sur la pointe des pieds pour tenter d'apercevoir Troy. Il est toujours sur le plateau avec Zeke et Sharpay. Ils sont plantés là, eux aussi, à attendre, comme tout le monde dans l'assistance. Gabriella doit le reconnaître : Sharpay s'en est vraiment bien tirée en fin de compte. En plus, songe Gabriella, elle a finalement réalisé son rêve de se retrouver devant les caméras.

Zeke lève les yeux et fait un signe de la main à Gabriella. Elle le salue à son tour et brandit son autre main pour lui montrer qu'elle croise les doigts pour lui porter chance.

— J'aimerais goûter à nouveau aux deux gâteaux, fait savoir Liz Warren.

Elle prend tout son temps pour bien déguster chaque gâteau et pour examiner chacun des motifs. Elle hoche la tête et murmure quelque chose à l'oreille de Brett. Il sourit, puis chuchote à son tour quelque chose à Jacques Milleux.

Oh ! ça suffit tout ce suspense ! se dit Zeke. Il fait les cent pas autour de l'îlot de la cuisine d'East High.

— Tu as fait de ton mieux, lui dit Troy.

Il a les yeux rivés sur Brett, se demandant à quel moment il va prendre le micro et annoncer le gagnant.

Plus loin, près du four, Sharpay a trouvé l'endroit idéal pour attendre la décision des juges. Elle se trouve en plein dans l'angle des caméras et l'une d'elles est justement braquée sur elle. Parfait, se dit-elle en se perchant sur un des tabourets. Elle sourit et continue à décocher des œillades aux téléspectateurs qu'elle devine en train de l'admirer, assis chez eux devant leur téléviseur.

Enfin, Brett serre la main aux deux autres juges et s'avance vers le centre du plateau. Le studio est complètement silencieux. Tout le monde est impatient d'entendre ce qu'il a à dire.

— Je demande aux deux chefs de s'avancer à la table des juges, déclare-t-il.

— Ça y est, dit Zeke à Troy. C'est le moment de vérité… chocolaté.

Il avance lentement jusqu'à la table. Troy, lui, court rejoindre Gabriella. Il espère que les juges vont choisir le gâteau d'East High. Mais d'abord, Zeke doit survivre à l'épreuve de la table des juges.

— Eli, ton gâteau est délicieux, avec un bon équilibre de fruits et de crème, commente Jacques Milleux avec son fort accent français. La forme du gâteau est parfaite, car elle combine style et hauteur.

— Je me demande toutefois ce qui s'est passé ici, tout en haut, intervient Liz Warren en montrant qu'il manque des fraises pour remplir le dernier étage. On dirait aussi qu'il y a plus de fraises de ce côté-ci du gâteau.

— Eh bien… euh… bégaie Eli. Nous avons dû utiliser nos fraises pour égaliser le gâteau. Par conséquent, nous avons mis le surplus de crème sous le dernier étage.

Brett hoche la tête.

— C'était bien pensé. Je pense que la majorité des gens ne le remarquerait pas. J'aime beaucoup la crème. Pas trop sucrée et très légère. Vous l'avez *rehaussée*.

Il en prend une autre bouchée et ajoute :

— Et c'est *déééélicieux*!

Eli sourit et prend une grande respiration. Il a l'air soulagé que son évaluation soit terminée et que Brett ait aimé le gâteau de son équipe.

Gabriella roule des yeux en entendant les deux phrases classiques de Brett Lawrence. Puis, elle croise les doigts en espérant qu'il dise la même chose à Zeke.

— Bon, Zeke, un gâteau raté est d'habitude la signature d'un pâtissier raté, lance Liz Warren d'emblée, de son ton pince-sans-rire. Une telle erreur technique est impardonnable.

Zeke baisse la tête. Dans la foule, des huées se font entendre.

Liz Warren lève la main pour calmer l'assistance et poursuit :

— Mais le fait que tu aies été capable de te ressaisir et de confectionner rapidement un deuxième gâteau est très impressionnant.

Zeke se secoue un peu, hoche la tête, puis se retourne vers ses amis. Ils sont tous là, debout. Il sait qu'il n'aurait jamais pu y arriver sans eux.

— Même si pour cela, tu as dû sacrifier quelques décorations sur le gâteau, ajoute Jacques Milleux avant de lui sourire. Le gâteau est moelleux et délicieux. Et j'aime l'épice qu'on y retrouve, aussi.

Un large sourire se dessine sur le visage de Zeke. Il est tellement content d'avoir fait un deuxième gâteau. Et Kelsi rayonne de fierté.

— J'adore les bonbons rouges, dit Brett. Ils *rehaussent* le tout !

Il repique sa fourchette dans le gâteau et ajoute :

— Je suis d'accord avec Jacques : l'épice rend le gâteau vraiment *déééélicieux !*

D'entendre ces mots à présent fait rire Gabriella, et elle se réjouit avec tous les autres Wildcats.

— Zeke, Zeke, tu es le meilleur. Tu es notre pâtissier et nous, tes admirateurs ! scandent tous les Wildcats.

Légèrement embarrassé, Zeke salue de la main son groupe de partisans qui l'acclament. Puis il se retourne pour entendre le verdict final des juges.

— Cela a été très difficile pour les juges et pour moi de trancher, déclare Brett aux deux chefs, mais nous avons déterminé un gagnant pour ce concours.

Il se lève, s'empare du trophée officiel de *À vos fourneaux* et le soulève pour que tout le monde le voie.

— Mais d'abord, reprend-il, nous aimerions remercier les deux écoles et leurs directeurs pour avoir permis la réalisation de ce défi. Nous avons passé un moment très agréable ici, aujourd'hui, et nous espérons vous revoir tous dans cette cuisine très bientôt.

Le public en studio applaudit. Brett doit le faire taire avant de pouvoir continuer.

— Et à présent, le gagnant ! Nous remettons ce trophée au lycée West High pour leur délicieux gâteau à niveaux, léger et savoureux, garni de crème à la vanille et au citron !

Les Knights se mettent à crier et à sauter partout, pendant que les Wildcats applaudissent poliment leurs adversaires. Zeke serre la main des trois juges, puis va serrer celle d'Eli, avant de s'esquiver du plateau. Il veut fuir les lumières vives des projecteurs et les caméras. Il a envie de courir se cacher.

Mais il n'a pas le temps d'aller bien loin qu'une voix familière l'interpelle.

— Attends, lui dit Brett. J'ai encore un mot à te dire.

Ouais, songe Zeke. Il veut me dire que je suis nul en cuisine et que je n'aurais jamais dû être le chef. Zeke fixe ses pieds et baisse les épaules.

— Écoute, continue Brett. Ce que vous avez fait, toi et tes amis, c'est incroyable ! Je n'aurais jamais cru que vous réussiriez à remonter la pente et à venir à bout de ce gâteau. Mais vous l'avez fait.

Brett sourit et attend que Zeke lève les yeux vers lui.

— Tu es capable de supporter la pression, et ça, c'est une qualité très importante chez un chef.

Zeke commence à se sentir un peu mieux. Il se redresse et regarde Brett dans les yeux.

— Merci, dit-il.

— Et tu as toute une équipe avec toi, lance Brett en éclatant de rire. Quand on travaille dans la cuisine d'un restaurant très fréquenté, ça peut devenir pas mal chaotique, c'est pourquoi il est très important de savoir diriger une équipe. On m'a dit que tu es une étoile du basket-ball aussi. J'imagine que c'est là que tu as appris à travailler en équipe, pas vrai?

— Probablement, répond Zeke.

Mais l'équipe qui l'a aidé à gagner, c'est plus que son équipe de basket : ce sont ses amis. Et c'est la meilleure équipe qu'on puisse trouver. Tout à coup, ce n'est plus si important que West High ait remporté le trophée. Zeke sait qu'il a des amis qui sont là pour lui, quoi qu'il arrive. Et ça, c'est la plus belle récompense qui soit.

— Merci, Brett, dit Zeke. Cette expérience a été réellement très importante pour moi.

— J'en suis ravi, répond Brett. Et maintenant, nous avons une fête de clôture avec beaucoup de gâteaux à manger!

Il fait un clin d'œil à Zeke et retourne sur le plateau. Zeke l'observe pendant qu'il serre des mains et signe des autographes. Un jour, lui aussi sera peut-être un chef célèbre comme Brett Lawrence, mais ce qu'il désire plus encore, c'est que ses amis soient toujours auprès de lui.

On rallume l'éclairage dans la salle et le studio devient rapidement le théâtre d'une belle fête. Les deux cuisines sont poussées sur les côtés pour dégager un vaste espace qui sert de piste de danse et de salle à manger. Tant les élèves de West High que ceux d'East High sont prêts à faire la fête… et à déguster les gâteaux !

Brett Lawrence et les deux autres juges se mêlent à la foule pendant un moment, discutant et signant des autographes. Zeke est surpris de voir le grand nombre d'élèves qui regardent l'émission de Brett ou qui lisent les critiques de Liz ou même qui sont déjà allés manger au restaurant *La Mer*. Le reste des élèves se met en ligne pour savourer le gâteau ou se dirige vers la piste de danse. Tout le monde est ravi de pouvoir goûter aux deux gâteaux et d'écouter la musique que l'animateur fait jouer pour eux depuis son coin.

Les jeunes de l'équipe de West High ont enlevé leurs tabliers, mais plusieurs d'entre eux ont gardé leurs toques de chef. Ils se dispersent sur la piste pour une petite danse de la victoire. Hilary tape sur l'épaule de Sharpay, prête à se vanter.

— Super, ce concours, hein ? dit-elle.

Sharpay regarde longuement Hilary. La seule déception de sa journée, c'est de ne pas avoir eu la joie de battre Hilary une nouvelle fois. Elle est sur le point de répliquer quelque chose quand Ryan arrive et tire sa sœur par la main. Les dents serrées, Ryan la conseille dans l'espoir d'éviter une scène.

— Contente-toi de la féliciter, lui murmure-t-il.

Sharpay lui obéit en esquissant un sourire rapide à Hilary.

— Félicitations, dit-elle un peu sèchement.

Parfois on perd, parfois on gagne, se dit-elle. Puis, juste avant de se retourner, elle ne peut s'empêcher d'ajouter :

— Oh ! en passant, tu as des grains de petits fruits coincés entre les dents. Il faudrait peut-être les enlever avant de parler à quelqu'un d'autre.

Sharpay secoue sa chevelure blonde en s'éloignant. Elle se dirige vers un groupe de garçons de West High qui lui souriaient pendant l'évaluation des juges et qui, à présent, lui font signe de venir les retrouver. Hilary a peut-être remporté cette bataille, mais elle n'a certainement pas remporté la guerre. Du point de vue de Sharpay, elle aussi a remporté une victoire aujourd'hui. Après tout, elle est maintenant une authentique vedette de la télévision.

M. Matsui et Mme Davis se ruent vers Zeke. Tous deux ont très hâte de le féliciter.

— Beau travail, lui dit le directeur en posant sa main sur son épaule. C'est vraiment un exploit que tu as réussi là ! Et tu as vraiment montré à tes amis Wildcats ce que ça signifie de ne pas abandonner. Je suis vraiment fier de toi, Zeke.

Il montre l'assiette remplie de gâteau au chocolat qu'il a à la main et ajoute :

— Et ça, c'est tout un gâteau. Je ne crois pas que j'aurais été capable de choisir entre les deux. Ils sont vraiment exceptionnels.

Mme Davis serre Zeke dans ses bras.

— Tu es un chef formidable ! lance-t-elle. Je savais que nous avions choisi la bonne personne pour relever ce défi. Tu as donné le meilleur de toi-même dans ce concours. Merci.

Elle étreint Zeke une fois de plus, puis ajoute :

— Et j'adore ce gâteau ! dit-elle en faisant disparaître une bouchée de gâteau au chocolat dans sa bouche.

Zeke est tout rouge. Il les remercie tous les deux, mais de son côté, il sait qu'il a lui aussi une personne qu'il doit *vraiment* remercier. Il scrute la foule des Wildcats jusqu'à ce qu'il la trouve.

Savourant la présence de son groupe d'admirateurs, Sharpay bavarde avec les garçons de West High. Elle sourit et dodeline de la tête pendant qu'ils rivalisent tous entre eux pour attirer son attention. Zeke s'avance vers eux, se glisse dans le cercle et tire doucement Sharpay à l'écart.

— Écoute Sharpay, dit-il, il faut absolument que je te dise à quel point j'ai apprécié ton soutien aujourd'hui. Ce geste signifie beaucoup à mes yeux.

Sharpay sourit et prend une bouchée du gâteau qu'elle a à la main.

— Bien sûr, dit-elle tout en faisant un clin d'œil à l'un des garçons qui l'observe. C'était vraiment amusant.

— Et tu es passée à la télévision. Tu as donc obtenu la *seule* chose que tu voulais vraiment, ajoute Zeke.

Sharpay le fixe sans bouger, tâchant de ne pas avoir l'air scandalisée que Zeke ait pu dire une telle chose. En faisant comprendre à Sharpay qu'il avait deviné son plan depuis le début, Zeke sait qu'il a maintenant toute son attention.

Ravi de la voir attentive à ses paroles, Zeke s'empresse de continuer à parler avant qu'elle ne puisse placer un mot.

— Je sais que tu m'as proposé d'être mon assistante parce que tu voulais passer à la télévision, dit-il comme si de rien n'était.

Il sent que Sharpay est sur le point de protester, alors il reprend de plus belle.

— C'est super. Je comprends. Tu adores être sous les feux de la rampe, ajoute-t-il en lui souriant. Mais je veux que tu saches que tu m'as véritablement aidé à relever ce défi et que j'ai vraiment apprécié que tu sois là. Surtout que l'autre jour, j'ai un peu… perdu patience avec toi. Aujourd'hui, sans tes encouragements,

113

je n'aurais jamais été capable de faire le second gâteau.

— Eh bien, tant mieux, lâche Sharpay, légèrement nerveuse.

Elle ne s'attendait vraiment pas à ce que Zeke lui dise tout cela. Elle n'arrive pas à croire qu'il ait deviné ses intentions depuis le début. À vrai dire, elle pensait qu'il était peut-être encore fâché contre elle parce qu'elle avait fait rater la recette lors de leur premier essai. Se sentant un peu mal à l'aise, elle prend une autre bouchée de gâteau. Puis, la bouche pleine, elle tente de changer de sujet, mine de rien.

— Ce gâteau est *teeeellement* bon.

Zeke hausse les épaules.

— Je n'aurais pas pu le faire sans l'aide de mes amis. Nous avons formé une équipe géniale aujourd'hui. Merci.

La sincérité de Zeke va droit au cœur de Sharpay qui s'approche et se penche vers lui.

— Tu sais, tu es vraiment un bon chef, lui murmure-t-elle. Les pâtisseries que tu as faites cette semaine étaient les meilleures que j'aie jamais mangées.

Elle tourne la tête en direction de Jacques Milleux et ajoute :

— Et cela inclut les pâtisseries de *La Mer*.

Elle donne un petit coup de tête d'un côté, puis de l'autre, et retourne ensuite à son groupe d'admirateurs.

— Merci, lance Zeke en la regardant s'éloigner.

À le voir, on croirait que le large sourire qui s'épanouit sur son visage va rester en place toute la semaine.

Au même moment, Chad, Jason et Kelsi se jettent sur lui.

— Zeke, tu as été génial ! s'exclame Kelsi qui rayonne de joie pour son ami.

— Ouais, tu n'as peut-être pas eu le trophée, mais ce gâteau est le champion des gâteaux au chocolat ! renchérit Chad avec enthousiasme.

Puis, il agite son bras pour désigner le studio plein à craquer de jeunes qui s'amusent.

— Et quelle fête ! Ça déménage !

— Je ne sais pas pour vous, dit Jason, mais moi, je suis prêt pour une deuxième part.

Il fait un petit signe de tête à Kelsi pour l'inviter à l'accompagner, et tous deux filent se chercher une autre part de gâteau. Ce faisant, ils heurtent Troy et Gabriella au passage.

— Ralentis. Nous ne sommes pas sur le terrain, dit Troy à Jason en riant.

Gabriella pouffe de rire. Elle sait que la motivation de Jason à aller se chercher d'autre gâteau est presque aussi forte que celle qui le pousse à vouloir gagner sur un terrain de basket-ball. Elle ne peut pas le blâmer : le gâteau est délicieux !

— Zeke n'aurait pas pu le réussir sans ton aide et celle de Taylor, déclare Troy à Gabriella, tandis que Jason et Kelsi se mettent en file pour leur deuxième part de gâteau. Ces mesures adaptées ont fait toute la différence. Comment avez-vous pensé à ça ?

Gabriella hausse les épaules.

— Taylor et moi discutions de l'oubli de Sharpay et nous nous sommes demandé si cela pouvait être la seule cause du fiasco du premier gâteau.

— Hein ! lâche Troy, toujours épaté. Bonne idée !

— Merci, répond Gabriella.

Elle est plutôt fière des découvertes que Taylor et elle ont faites.

— Et toi, ajoute-t-elle, tu as été un très bon sous-chef. Je ne savais pas que tu connaissais quelque chose à la pâtisserie.

Troy prend Gabriella par la main et l'entraîne vers la piste de danse.

— En fait, je n'y connais rien, lui confesse Troy. À vrai dire, Zeke m'a demandé d'être son sous-chef seulement pour que je tienne Sharpay occupée, murmure-t-il. Elle était en train de le rendre dingue avec ses changements de costume et son obsession des caméras. J'étais juste censé la tenir occupée pour qu'il puisse se concentrer sur sa cuisine. Mais je crois qu'en fin de compte, il a vraiment eu besoin de nous.

— Ouais, rigole Gabriella. Mais tu aurais dû te douter que personne ne peut contrôler Sharpay Evans.

— Ça, c'est certain, admet Troy. Mais elle a vraiment aidé Zeke à se tirer d'un mauvais pas aujourd'hui. C'est en grande partie grâce à elle que Zeke a trouvé la motivation de faire ce deuxième gâteau.

Gabriella doit le reconnaître. Et elle en est bien contente. Cela avait été vraiment chouette de voir Sharpay encourager Zeke de la sorte. C'était plus qu'un simple retour d'ascenseur pour toute l'attention et toutes les pâtisseries qu'il lui avait offertes.

Gabriella et Troy atteignent la piste et se mettent à danser. Chad et Taylor y sont déjà, ainsi que Kelsi et Jason… qui ont terminé leur deuxième succulente part de gâteau. Ryan et Sharpay exécutent une danse en ligne complexe et y font participer tout le monde. Les élèves d'East High et de West High se mêlent les uns aux autres et s'amusent ferme tous ensemble.

Zeke, tout sourire, rejoint Gabriella et Troy en dansant.

— Merci encore, dit-il en ondulant au rythme dynamique de la musique. Vous êtes les meilleurs, tous les deux.

Il sort son téléphone cellulaire de sa poche et ajoute :

— Je dois appeler grand-maman Emma, à présent. Je dois l'informer de certains ajouts concernant la recette familiale de gâteau au chocolat... façon Nouveau-Mexique !

— Tu veux dire façon Wildcat ! crie Taylor.

Tous les amis de Zeke poussent de grands cris de joie. Même si c'est West High qui a remporté le trophée, c'est East High qui a l'équipe gagnante. Et ça mérite d'être célébré.